Ôtant ses pouces de sa ceinture, Ricky Lee fit un pas en avant.

— Encore une chose.

Il se rapprocha encore, plaqua Alex contre les échelles qu'il venait de ranger et ajouta :

— J'en ai eu envie toute la journée.

Il baissa la tête, sa bouche effleurant celle d'Alex. Surpris, ce dernier eut un petit halètement. Ricky Lee le but à même ses lèvres et approfondit le baiser. Levant les mains, il empoigna les échelons de part et d'autre de la tête d'Alex, le maintenant en position. D'ailleurs, Alex ne cherchait absolument pas à se libérer. Au contraire, il s'accrocha aux hanches de Ricky Lee et ouvrit la bouche, s'offrant tout entier à un baiser qui ressemblait aussi peu à leur caresse innocente de onze ans plus tôt qu'un incendie de forêt à la flamme d'une bougie d'anniversaire.

Nicki Bennett

RICKY LEE EST DE RETOUR

PUBLISHED BY

Publié par
DREAMSPINNER PRESS

5032 CAPITAL CIRCLE SW, SUITE 2, PMB# 279, TALLAHASSEE, FL
32305-7886 USA
www.dreamspinnerpress.com

Ricky Lee est de retour
Copyright de l'édition française © 2018 Dreamspinner Press.
Titre original : Bad to the Bone
© 2018 Nicki Bennett.
Première édition : mai 2018
Traduit de l'anglais par Anne Solo.

Illustration de la couverture :
© 2018 Bree Archer.
http://www.breearcher.com
Les éléments de la couverture ne sont utilisés qu'à des fins d'illustration et toute personne qui y est représentée est un modèle

Édition e-book en français : 978-1-64080-582-8
Édition imprimée en français : 978-1-64080-583-5
Première édition française : mai 2018
v 1.0

Édité aux États-Unis d'Amérique.

NICKI BENNETT a grandi à Chicago où elle passait tous ses samedis à la bibliothèque centrale, perdue dans ses livres. Lectrice assidue, elle a un jour eu de la difficulté à trouver suffisamment de romans à son goût, aussi a-t-elle décidé de se mettre à les écrire.

Par Nicki Bennett

DREAMSPUN DESIRES
#10 – Le baron du bétail et son cavalier
#58 – Ricky Lee est de retour

Publié par **DREAMSPINNER PRESS**
www.dreamspinner-fr.com

Pour Connie, dont je ne saurais assez vanter le *beta-reading* – ses commentaires sont inestimables.

Chapitre un

LA scie à panneau découpa la planche avec une précision satisfaisante. Quand ce fut terminé, Alexandre Morrison posa le tronçon contre le mur, avec le reste du lot, et jeta ce qui restait de bois dans un conteneur métallique avant de s'attaquer au dernier morceau. Il mesura et marqua la longueur désirée, vérifia deux fois les notes qu'il avait griffonnées durant la dernière réunion du comité chargé d'organiser la réunion des anciens élèves et remesura avant de couper pour de bon. Quand le grincement lancinant de la scie s'arrêta enfin, il ôta son masque et ses cache-oreilles, et passa la main dans ses cheveux pour enlever une partie de la sciure qui les couvrait.

Devoir ainsi travailler à la dernière minute l'agaçait un peu. Il avait préparé des semaines auparavant les panneaux de contreplaqué et les poutres de soutènement destinés à décorer le gymnase de l'école, donnant tout le temps nécessaire aux artistes pour les peindre. Mais trois nuits plus tôt, lors de la réunion finale, Stephanie Keyes, présidente du comité, avait décidé qu'il était essentiel d'avoir une arche de plus pour prendre de jolies photos des couples. Elle délégua à Alex cette tâche supplémentaire avec un sourire qui, d'après lui, était celui du requin juste avant d'avaler sa proie. Bien sûr, il possédait – avec sa sœur, Alaina, de six ans plus jeune – la seule quincaillerie de Freeland, Oklahoma, aussi était-il habilité à ce genre de tâches. Dès qu'il avait entendu parler de cette fête pour commémorer les dix ans de son diplôme de fin d'études, il avait décidé que son magasin fournirait à l'école le bois et les fournitures. Et ce serait pareil pour les dix ans de l'année d'Alaina. Que son travail et ses fournitures soient à fonds perdu, Alex s'en souciait peu – après tout, il s'était porté volontaire, considérant comme la moindre des choses d'aider la communauté. Le problème, c'était que *certains* membres de ladite communauté étaient plus exigeants que d'autres.

Après avoir verrouillé sa lame, Alex s'apprêtait à passer l'aspirateur industriel dans le magasin pour nettoyer la sciure étalée sur le sol quand il entendit sonner la clochette de la porte d'entrée. Il reconnut la voix sucrée de Stephanie de l'arrière-boutique.

— Bonjour, Alaina. Où se cache ton superbe frère ?

Tenté de ne pas bouger et de laisser Alaina s'occuper de Stephanie, Alex se ravisa vite : sa sœur avait déjà tenu la boutique presque toute la journée tandis que lui travaillait à l'arrière. La laisser affronter Stephanie à sa place ne serait pas bien, même si les avances agressives de celle-ci à son égard commençaient à lui peser.

Il sortit de l'arrière-boutique et annonça à sa sœur :

— Je prends la relève si tu veux faire une pause.

D'un sourire hautement sarcastique, Alaina lui annonça sa ferme intention de ne rien manquer du spectacle.

— Salut, Stephanie ! enchaîna Alex. Je viens juste de terminer de scier le bois pour cette arche à laquelle tu tenais tant. Je la monterai demain soir et tout sera prêt à temps... si Jennifer et Claire ont tout ce qu'il leur faut.

Elles envisageaient de décorer sur la structure de bois brut de rubans et de gaze vaporeuse. Alex se demandait en quoi c'était en accord avec le thème de la fête – « *Soyez une rockstar ce soir !!!* » –, mais il n'exprima pas ses doutes à haute voix.

— Je savais que tu serais capable de me satisfaire, roucoula Stephanie.

Alaina leva les yeux au ciel. Par chance, Stephanie ne le remarqua pas. Elle ne regardait qu'Alex. Il passa à nouveau la main dans ses cheveux, ne sachant que répondre. Divorcée depuis quelques mois, Stephanie ne cachait nullement qu'elle envisageait Alex pour remplacer Jim, son ex. : elle n'avait cessé de flirter avec lui pendant les réunions du comité. Il avait tenté de l'ignorer, puis de lui faire poliment comprendre qu'il n'était pas intéressé. En vain.

Stephanie se rapprocha de lui.

— Je suis si impatiente que le grand jour arrive enfin ! jeta-t-elle. Nous avons tellement travaillé pour que ce soit parfait. Ce sera la plus belle fête que Freeland Hill ait jamais connue !

Bloqué par le comptoir, Alex ne pouvait reculer davantage.

— J'en suis certain. Tu as été une excellente présidente.

Elle posa les mains sur ses joues comme pour cacher son rougissement.

— Oh, merci, ton opinion compte beaucoup pour moi ! As-tu choisi la chanceuse qui t'accompagnera ?

Surpris, Alex cligna des yeux. De derrière la caisse, Alaina étouffa un ricanement. Stephanie agissait comme si Alex et elle étaient encore des ados tout excités à l'idée d'inviter l'élu(e) de leur cœur au bal de fin d'année. En vérité, Alex avait prévu d'aller seul à la réunion, mais il ne pouvait le révéler sous peine de passer la soirée avec Stephanie collée à lui.

— Je, euh, probablement Sam.

En dernière année, Samantha Burchart et lui avaient été le couple phare de Freeland Hill : la star de l'équipe de football et la cheerleader ! Ils avaient été élus roi et reine du bal de fin d'année. Alex ayant une bourse d'études de l'Université d'Oklahoma, tout le monde s'attendait à ce que leur relation perdure, mais nul n'aurait pu prévoir tout ce qui s'était passé au cours des dix années qui suivirent. Désormais, Alex considérait Sam comme sa meilleure amie. Et si Stephanie et d'autres les pensaient encore ensemble, Alex préférait leur laisser leurs illusions.

Stephanie se rembrunit.

— Oh, Samantha, bien sûr. Je n'étais pas certaine qu'elle vienne. Nous n'avons pas encore reçu sa réponse.

— Elle a dû attendre que le chef Cowart publie les astreintes de la semaine pour savoir si elle serait libre.

Les élèves de Freeland Hill n'auraient jamais imaginé autrefois que Sam fasse carrière dans la police, pas plus en fait qu'ils pensaient voir un jour Alex gérer la quincaillerie familiale.

— Elle sera en patrouille jusqu'à vingt et une heures, ajouta Alex. Elle nous rejoindra ensuite.

— Ah, tant mieux. Je suis très contente.

Stephanie était loin d'être bonne actrice – même si elle avait tenu un rôle en dernière année dans la pièce *Vous ne l'emporterez pas avec vous*.

— À demain soir pour la mise en place, alors, jeta-t-elle.

Après un vague signe de main, elle quitta le magasin. La cloche de la porte marqua bruyamment sa sortie.

— *Je, euh, probablement Sam* ? lança Alaina en imitant la voix de son frère. Joliment paré, Xan. Bravo.

Alex ne put que sourire en entendant ce surnom que seule sa sœur utilisait.

— Je lui ai donné la première excuse qui me passait par la tête, Lan.

Malgré leurs années de différence, ils avaient toujours été proches, surtout après le décès de leurs parents. Si elle le taquinait parfois impitoyablement, il la savait prête à le soutenir, envers et contre tous.

— Je n'ai aucune envie d'assister à cette fichue réunion, reprit-il. Tu le sais bien. Je m'en passerais volontiers, mais je ne veux pas créer de scandale. Je me demande pourquoi tout le monde en fait tout un plat ! Je vois tous les jours quatre-vingt-dix pour cent de ceux qui y assisteront.

Et la seule personne qu'il aurait voulu voir n'y serait pas, mais ça, Alex ne pouvait le révéler à personne, pas même à sa sœur.

— C'est une occasion de s'habiller, déclara Alaina. Et de démontrer le chemin parcouru depuis l'école. Tu ne voudrais quand même pas priver Stephanie d'une opportunité d'exhiber ses charmes pour séduire son mari numéro deux, pas vrai ?

— Qu'elle fasse ce qu'elle veut, je lui souhaite bonne chance, à condition qu'elle cesse d'espérer me voir tenir le rôle ! Je me demande bien pourquoi elle y met tant d'effort, je n'ai rien d'un gros lot.

Ce qu'il avait accompli était bien loin des attentes d'autrefois, quand il avait été élu « l'élève le plus prometteur de Freeland Hill ». Encore une raison qui lui rendait pénible cette fête à venir.

— Tu plaisantes ? Tu es l'un des célibataires les plus attrayants de Freeland. Propriétaire d'une entreprise, tu es doté d'un revenu stable et tu possèdes un certain charme – même moi, je dois le reconnaître.

Alex secoua la tête avec une grimace.

— J'ai hérité cette quincaillerie de mes parents quand j'ai dû renoncer au football et à une carrière professionnelle. Je vis dans un appartement au-dessus du magasin avec ma sœur cadette.

Son sourire atténuait le mordant de ses mots. Puis Alex ajouta :

— Et question mariage, j'ai déjà donné et ça s'est mal terminé, au cas où tu l'aurais oublié.

— J'adore Katie, rétorqua-t-elle, mais tu n'aurais jamais dû l'épouser, et tu le sais très bien. Vous étiez amis, vous aviez les mêmes objectifs, mais vous n'avez jamais été vraiment amoureux. Quand tu as eu besoin d'aide, elle a été là et je lui en serais toujours reconnaissante, mais tu n'étais pas le mari qu'il lui fallait et elle n'était pas celle qu'il te fallait.

Comme si Alex savait ce qu'il lui fallait. Après cette blessure ayant mis fin à ses espoirs au cours de sa deuxième année à l'OU [1] il avait consacré son énergie aux études environnementales, pensant que son diplôme lui permettrait de travailler dans la protection des consommateurs. Il avait rencontré Katie Greer en cours d'hydrographie écologique quand tous deux avaient été affectés sur un projet commun. Leur entente avait été immédiate. À la fin du semestre, Katie avait invité Alex à quitter le dortoir universitaire pour devenir son colocataire, le précédent retournant chez lui. Elle et lui avaient le même rêve : utiliser leurs connaissances pour améliorer la société. Leur relation se développant, se marier une fois leur diplôme obtenu leur avait paru évident. Ensemble, ils avaient été recrutés en tant qu'analystes de l'environnement par le cabinet OCA – Oklahoma Climate Advocates – et travaillé sur d'importants rapports concernant la législature de l'État. Mais alors, le père d'Alex était tombé malade et Katie avait reçu une proposition intéressante : lobbyiste du Congrès à Washington DC. Alaina étant encore à l'université, Alex s'était senti tenu de rentrer chez lui et de gérer la quincaillerie. Katie n'étant pas prête à abandonner ses ambitions, le couple avait divorcé. À l'amiable, certes, mais Alex avait considéré qu'il s'agissait d'un nouvel échec de sa part.

Avant qu'il puisse répondre à sa sœur, un sourd grondement émanant de la rue fit trembler les vitres de la quincaillerie. Alex tourna la tête et vit passer une énorme moto noire montée par deux personnes. Un moment plus tard, une voiture de patrouille du département de police de Freeland, tous feux clignotants, passa dans la rue derrière la moto.

La moto s'arrêta le long du trottoir, moteur au ralenti, et le policier – à cette distance, Alex ne le

1 *Oklahoma University*

reconnut pas, mais ce n'était pas Sam – vint se garer
juste derrière et sortit de son véhicule. D'un geste
impérieux, il demanda aux deux motards de descendre.
Le chauffeur obtempéra et coupa son moteur, le
grondement se tut. Le policier parla un moment en
gesticulant, demandant manifestement aux deux
motards d'enlever leurs casques. Le premier avait de
longs cheveux noirs attachés en une queue qui pendait
entre ses épaules. Quand l'agent palpa son blouson,
Alex remarqua le logo dans le dos : Oregon Rainbow
Riders [2]. Il se demanda pourquoi le policier se sentait
tenu de fouiller le motard : avec un pantalon de cuir
aussi serré, il ne pouvait rien dissimuler sur sa personne.
Pendant un moment, Alex s'autorisa à admirer les reins
solides, puis il tourna son attention sur le passager. Il
ou elle – d'aussi loin, c'était difficile de dire – portait
un jean et une veste en denim. Ses dreadlocks étaient
teintes en bleu marine.

    À ce moment-là, Alaina rejoignit Alex, regardant
aussi par la vitrine ce qui attirait ainsi son attention.

    Ayant fini de palper les deux motards, le policier
s'adressa au chauffeur. En lui répondant, énergiquement
sans doute, le motard fit un pas en avant. Se sentant
menacé, l'agent de patrouille recula et porta la main à
l'arme qu'il avait à la ceinture. Fort heureusement, la
situation n'empira pas, le policier secoua la tête, les deux
motards remontèrent en selle. Dans un rugissement, la
moto s'éloigna dans la rue et bientôt disparut.

    La voiture de patrouille s'en alla peu après.

    — Eh bien, voilà plus d'agitation que nous n'en
avons eue de toute la semaine ! commenta Alaina.

---

2 *Oregon, les cavaliers de l'arc-en-ciel.*

— Ils ont dû se tromper de sortie sur l'autoroute, déclara Alex. Avec un look pareil, je doute que Freeland soit leur destination.

— Ils te plaisent ? plaisanta Alaina. Lequel préfères-tu ?

Alex répondit à sa sœur par un doigt d'honneur, puis retourna dans l'arrière-boutique pour finir de nettoyer.

Il avait presque oublié les deux étrangers quand la clochette de la porte carillonna une fois de plus.

— Alex ! cria Alaina. C'est Sam !

Il n'attendait pas à la voir cet après-midi. En général, les deux amis prenaient le petit-déjeuner ensemble quand Sam travaillait le matin, dans un restaurant près du poste de police. Il lui offrit cependant un sourire chaleureux.

— Hé, qu'est-ce que tu fais là ? Ça va ?

— Oui, répondit-elle, et laisse-moi te dire que la vie à Freeland va drôlement s'animer. Ricky Lee Jennings est de retour.

Chapitre deux

PRENDRE le petit-déjeuner ensemble était devenu leur routine matinale depuis que Sam était entrée dans la police de Freeland. En quittant la quincaillerie Morrison pour se rendre au *Danish Coffee Pot*, Alex eut beau épier la rue dans les deux sens, il ne revit pas la moto de la veille. Tiraillé entre déception et soulagement, il ne sut quelle émotion était la plus forte.

Quand il entra au restaurant, Sam était déjà assis dans leur box habituel. Comme toujours, Alex fut accueilli par un parfum de cannelle et de bacon accompagné d'un joyeux sourire de Birgit, la propriétaire. Il trouva sur la table une tasse de café à son intention quand il s'installa en face de Sam sur la banquette en vinyle bleu.

— Je me suis dit que tu aurais besoin ce matin d'une dose de caféine pour doper ton courage, déclara-t-elle. Tu paraissais salement sonné hier quand je t'ai quitté.

Reconnaissant, Alex prit une gorgée du breuvage chaud et bien noir. Il avait mal dormi au cours de la nuit, évoquant des souvenirs datant de onze ans.

— Je n'étais pas sonné, seulement surpris, corrigea-t-il. Je ne pensais pas… euh, qu'il reviendrait à Freeland, c'est tout.

Birgit se précipita prendre la commande : des crêpes danoises aux fruits pour Sam et un petit pain à la cannelle – une des spécialités du restaurant – pour Alex.

D'un sourire, Sam remercia Birgit qui remplissait sa tasse de café, puis attendit qu'elle s'éloigne vers d'autres tables pour reprendre la conversation :

— Je me demande pourquoi il revient maintenant. Il n'a pas bougé quand son père est mort.

— Je doute qu'il se sente encore chez lui à Freeland, déclara Alex. Après la mort de sa mère, sa relation avec le vieux Jennings a été de mal en pis.

En fait, c'était ce qui les avait rapprochés autrefois, Ricky Lee et lui. Alex tenta de repousser ces souvenirs, mais sans succès, comme durant la nuit.

— Bien sûr. Ce n'est pas facile d'être le fils du pire ivrogne de la ville. Depuis que je suis dans la police, j'ai souvent arrêté Billy Joe pour ivresse sur la voie publique ou conduite en état d'ébriété.

— Ricky Lee a perdu sa mère à treize ans. En plus, il était à moitié Comanche, il vivait du mauvais côté de la ville, et il s'affichait ouvertement comme étant gay. Il a fait son coming-out dès sa première année d'école secondaire. Tu te souviens de comment il était traité, Sam ? La vie est souvent assez dure quand on n'est pas dans le bon clan. Ricky Lee se faisait regarder de haut à l'école et même carrément bousculer pour des motifs qui ne dépendaient pas de lui.

— Tu l'as toujours défendu, Alex. Je t'admirais pour ça.

Par chance, Birgit revint à ce moment-là avec un plateau chargé de nourriture. Alex était certain que dans le cas contraire, Sam n'aurait pas manqué de remarquer son air coupable. La seule fois qui comptait, il n'avait pas défendu Ricky Lee… et il le regrettait depuis lors. Quand Sam releva les yeux de son assiette pleine de crêpes fines et croustillantes, de haricots bruns et de bacon, Alex s'était suffisamment repris pour donner le change. Du moins, il l'espérait.

Sam goûta à son plat, puis enchaîna :

— Je te rappelle que Ricky Lee cherchait aussi les ennuis. Le chef Cowart m'a demandé de ressortir son casier de mineur : il a été arrêté cinq ou six fois.

— Mais aucune accusation n'a jamais tenu ! protesta Alex.

D'après lui, le chef de la police de Freeland abusait des prétextes pour arrêter Ricky Lee, décidé à prouver que le garçon ne valait pas mieux que son père.

— À l'école, insista-t-il, ce n'est jamais lui qui démarrait les bagarres. Il ne faisait que se défendre, c'était quand même son droit, non ?

— Peut-être, mais il a été accusé de vol. Une bicyclette qui…

— Foutaises ! J'étais avec lui la nuit où il l'a trouvée. Il avait dîné à la maison et nous nous rendions ensemble à la bibliothèque.

Étant sophmores [3], aucun d'eux n'avait encore son permis. Alex possédait un vélo, mais il n'avait pas voulu le prendre, puisque Ricky Lee serait à pied.

Il reprit avec chaleur :

— Pour son anniversaire, Odell Tillman venait d'avoir un nouveau BMX, alors, il avait jeté son vieux vélo dans la rue à côté des poubelles. Il était encore en bon état, à part quelques rayures.

C'était lui qui avait suggéré à Ricky Lee de le prendre. Au début, Ricky Lee avait refusé, mais Alex avait su le convaincre qu'avoir chacun un vélo leur permettrait de se déplacer plus facilement.

— De toute évidence, il était à jeter, ajouta-t-il, écœuré. Mais quand Odell a vu Ricky Lee l'emporter, il a porté plainte pour vol.

Quand Alex s'était rendu au poste de police témoigner de ce qui s'était passé, les charges avaient été abandonnées, mais Ricky Lee n'avait pas pu garder le vélo.

Sam grignota une tranche de bacon, un sourcil levé.

— Et quand il a volé des bouteilles ?

Alex soupira.

— Le vieux Jennings envoyait Ricky Lee lui acheter de la bière quand il était à sec. Oui, je sais, c'est illégal de vendre de l'alcool à un mineur, mais tu connais M. Tyner de *Liquor Mart* : il ne vérifie jamais l'âge de ses clients. Ricky Lee avait payé la bière et s'apprêtait à ressortir quand le chef Cowart est entré dans la boutique. Tyner a préféré accuser Ricky Lee de vol qu'admettre qu'il venait de commettre une infraction.

---

3 Seconde année d'école secondaire américaine (quatre en tout) avec des élèves de 15/16 ans.

Alex commençait à avoir mal à la tête. Il prit une gorgée de café dans l'espoir de stopper sa migraine.

— Ricky Lee a eu du bol, continua-t-il. Il s'est souvenu d'avoir payé avec un billet de vingt dollars taché d'encre rouge. Cowart a demandé à Tyner d'ouvrir son tiroir-caisse, le billet était sur le dessus.

— Et Ricky Lee a été accusé de possession d'alcool.

— Oui, mais le bureau comanche des délits juvéniles a décidé de ne pas le condamner. D'abord, c'était une première infraction, ensuite, ils connaissaient sa situation de famille. Un vrai coup de chance !

Sam soupira.

— Il avait dû épuiser sa réserve en ce domaine, vu ce qui s'est passé en dernière année d'école.

Le long roulé à la cannelle posé dans l'assiette d'Alex dégoulinait de sucre glace. Soudain, cette vue lui donna mal au cœur.

— J'ai toujours juste trouvé très injuste qu'il ait été expulsé de l'école et envoyé à Lawton dans un programme d'éducation alternative alors qu'Odell s'en tirait sans réprimande. Il faut être deux pour se battre et Odell était plus grand et plus lourd que Ricky Lee. À l'époque, il jouait dans la défense d'une équipe censée gagner le titre, conclut-il, sans cacher son amertume.

Sans oublier qu'Odell avait été l'instigateur du combat, ce que seules savaient les trois personnes présentes ce jour-là.

— Si notre équipe a gagné, ce n'est pas grâce à Odell, mais à toi, Alex, corrigea Sam. Tu étais le plus rapide.

— Oui, mais personne ne tenait à contrarier un des joueurs vedette, pas vrai ?

Il poussa vers Sam le gâteau auquel il n'avait pas touché et ajouta :

— Je n'ai plus faim. Tu veux ça ?

Elle sauça le dernier fruit de son assiette et secoua la tête.

— Non, merci. Demande à Birgit de te l'emballer et tu l'emporteras pour le manger plus tard. Tu n'as peut-être pas faim maintenant, mais te connaissant, tu ne penseras pas à déjeuner à moins qu'Alaina ne t'y force. Je me demande comment Ricky Lee est passé de Lawton à l'Oregon.

— Il cherchait peut-être un endroit un peu plus accueillant.

Ricky Lee portait un blouson des Rainbow Riders quand la police l'avait contrôlé. Apparemment, il était toujours gay et fier de l'être, comme jadis, à l'école. Alex espérait que Ricky Lee, où qu'il réside actuellement soit mieux accepté qu'à Freeland étant ado.

D'un geste, Sam appela Birgit pour avoir encore du café.

— En tout cas, il s'en est bien sorti, si j'en juge par la moto qu'il conduit.

Alex n'y avait pas beaucoup pensé, sachant seulement que l'engin était noir et énorme. Et très bruyant. Son attention s'était davantage portée sur la solide silhouette du motard. Et qui était cette personne derrière Ricky Lee ? se demanda Alex. Il n'eut pas le temps de poser la question, car Sam enchaîna :

— C'est une Harley Fat Boy S ! Du très haut de gamme et tunée, en plus, ça vaut dans les vingt, vingt-cinq mille dollars.

— Une moto, même haut de gamme, reste plus accessible qu'une voiture, hasarda Alex.

Sam ajouta de la crème à son café et tourna sa cuillère en réfléchissant.

— Peut-être, mais il a un permis auto-moto. Greg a vérifié son permis après avoir contrôlé la moto, bien sûr : Richard Lee Jennings, habite à Portland, Oregon.

— Au fait, pourquoi l'a-t-il fait ? demanda Alex. Ricky Lee faisait-il un excès de vitesse ?

— Non, mais il conduisait une grosse moto très bruyante venant d'un autre État. Ça suffit pour que Hankins tienne à vérifier. Ricky Lee n'a pas de casier. Il a simplement reçu un avertissement pour nuisance sonore.

— J'ignorais que Freeland avait ce genre de restrictions.

— Ce n'est pas le cas, mais le délit de faciès n'est pas reconnu par la loi. Même ici, ça ferait tache dans un rapport de police.

— Hé, je suis heureux d'apprendre qu'il n'a pas de casier. Le chef Cowart admettra peut-être que Ricky Lee n'était pas condamné à la délinquance, comme il le prétendait si volontiers autrefois.

En voyant la grimace que Sam ne put retenir, Alex posa sa tasse de café et se pencha en avant.

— Quoi ? Ne me dis pas qu'il s'entête dans ses idées préconçues ?

Sam secoua la tête.

— Je ne sais pas ce qu'il a, mais il m'a demandé de creuser le sujet. Il ne veut pas que « des indésirables », je cite, se croient libres de s'attarder en ville.

— Nous ignorons ce qui a poussé Ricky Lee à revenir et s'il envisage de rester. Ou de s'en aller très vite.

Alex refusa d'examiner de trop près la raison pour laquelle cette perspective aggravait sa nausée.

— Il a une suite dans le nouvel hôtel qui vient d'ouvrir, indiqua Sam, aussi est-il facile de deviner qu'il n'est pas simplement de passage. Sa chambre communique avec celle de son compagnon, précisa-t-elle avec un sourire. Tu sais la vitesse avec laquelle se répand ce genre de rumeur.

— Et qui est ce… compagnon ? demanda Alex.

La question pouvait paraître innocente, non ? Effectivement, Sam n'y vit qu'une simple curiosité.

— Hankins n'avait aucune raison valide de vérifier le permis du passager, mais je sais qu'il s'est enregistré à l'hôtel sous le nom de Crae Adams. Je verrai si je peux en savoir plus en faisant les vérifications que m'a demandées Cowart.

Alex avait beau désirer savoir le parcours de Ricky Lee au cours des dix années écoulées, il n'en restait pas moins mal à l'aise.

— N'est-ce pas une violation de sa vie privée ?

— Hé, protesta Sam avec un sourire, je ne compte ni usurper son identité ni vider son compte bancaire. Je veux simplement m'assurer qu'il est clean pour que le chef lui fiche la paix.

Alex comprit qu'il devrait se contenter de cette réponse.

— Ah.

— Et si je découvre quoi que ce soit de croustillant, ajouta Sam, hilare, je t'en ferai part, c'est promis.

— D'accord.

Alex répondit à son sourire, vida sa tasse et chercha son portefeuille.

— Bon, reprit-il, c'est moi qui t'invite. Et je vais emporter ce gâteau, je le donnerai à Alaina.

Birgit apparut à peine avait-il terminé de parler, aussi se demanda-t-il ce qu'elle avait pu surprendre de leur conversation. Bah, pensa-t-il, tout était déjà connu et archiconnu. Il récupéra son *doggy bag* et laissa sur la table quelques billets pour couvrir l'addition.

— Ce soir, dit-il à Sam, nous avons une ultime réunion du comité, alors, je te dis à demain soir. Pourras-tu passer chez toi te changer après le travail ?

Elle secoua la tête.

— Ne compte pas sur moi pour sortir une robe de gala, me faire des bouclettes et me tartiner la figure. Je laisse ça à Stephanie, Ashley et aux autres cheerleaders. Garde-moi une danse, d'accord ?

Alex trouvait Sam très jolie avec ses cheveux blonds attachés en haut de la tête et sa fine silhouette mise en valeur par son uniforme kaki, bien plus attrayante, selon lui, que Stephanie sur son trente et un.

— Je le noterai sur mon carnet de bal, promit-il. Fais bien attention à toi, d'accord ?

Elle l'embrassa sur la joue.

— Bien sûr, Alex, comme toujours. Pareil pour toi.

Chapitre trois

— **PAS** de petit-déjeuner avec Sam aujourd'hui ?
demanda Alaina quand Alex la rejoignit samedi matin
dans le magasin.

— Elle ne prend son service qu'à treize heures.

Alex étouffa un bâillement. La veille au soir, il
avait quitté à minuit passé le gymnase de l'école où
avait lieu la réunion. Il aurait pu s'en aller plus tôt,
après avoir fini de monter l'arche réclamée à la dernière
minute par Stephanie, mais les outils et les échelles
qu'utilisaient les autres membres du comité pour
installer les décors peints et accrocher les guirlandes au
plafond appartenaient à la quincaillerie Morrison. Aussi
s'était-il senti obligé de vérifier que tout était utilisé en
toute sécurité. Quand Stephanie s'était enfin déclarée

satisfaite des résultats, il avait chargé son matériel dans le truck qu'il utilisait toujours pour les livraisons.

Après avoir travaillé toute la journée et tard dans la soirée, il avait trouvé le sommeil plus facilement que la nuit précédente, mais il s'était quand même réveillé avant l'aube, à temps pour aller courir. De toute façon, Buck, le setter irlandais que ses parents lui avaient offert l'année de son admission dans l'équipe universitaire, ne l'aurait pas laissé dormir davantage. Avec l'âge, le pelage fauve du chien s'argentait autour du museau. Alex aussi avait des cheveux gris, mais sa blondeur naturelle les cachait aux yeux d'autrui, du moins le pensait-il. En tout cas, les années n'empêchaient pas Buck de courir avec joie aux côtés d'Alex dans les rues désertes à cette heure matinale. En général, ils allaient jusqu'aux faubourgs de Freeland avant de revenir sur leurs pas.

Ce matin-là, durant sa course, Alex n'avait pas croisé de moto.

— Prends ta journée si ça te dit, Xan, lui proposa Alaina. Je suis capable de gérer la boutique toute seule, tu sais.

Bien sûr, Alex savait que sa sœur tenait souvent la quincaillerie pendant que lui était occupé à des livraisons ou aidait à des travaux de rénovation chez des personnes âgées que leur âge handicapait. Mais le samedi était le jour le plus chargé. De plus, il préférait être occupé que passer son temps à se demander ce que faisait Ricky Lee ou, pire encore, se rendre furtivement à l'hôtel pour vérifier s'il n'était pas déjà parti.

— Jamais je ne te laisserais affronter seule l'affluence que va attirer notre fantastique offre du jour, rétorqua-t-il, moqueur.

En l'honneur des dix ans de la classe 2008, la quincaillerie proposait un rabais de dix pour cent sur tout le magasin, plus dix dollars encore pour les anciens élèves de ladite classe. À dire vrai, Alex ne s'attendait pas à une forte augmentation des ventes. La seule quincaillerie de Freeland avait un revenu modeste, mais régulier. De plus, sa sœur et lui vivaient au-dessus du magasin, comme tous les Morrison depuis trois générations, ce qui leur économisait le loyer. S'ils ne devenaient jamais riches, ils s'en sortaient plutôt bien et leur stock et services évitaient à leurs concitoyens d'avoir à se rendre dans les grands magasins de Lawton, à des dizaines de kilomètres d'autoroute, quand ils voulaient améliorer ou rénover leur habitat.

— Je te signale, enchaîna-t-il, que me préparer ne me prendra pas beaucoup de temps.

— Ah, bien sûr ! persifla-t-elle. Une de tes admiratrices te trouvait récemment *superbe*, même avec de la sciure plein les cheveux.

Un vieillard entra dans la quincaillerie, détournant l'attention d'Alaina qui le salua avec affabilité. L'homme se dirigea tout droit vers les clous et vis.

Alaina revint donc à son frère :

— Alors, qu'est-ce que Sam t'a raconté sur Ricky Lee Jennings ?

— Je me demande comment tu peux te souvenir de lui ! s'étonna Alex.

Alaina n'avait que douze ans lorsque Ricky Lee avait été expulsé de Freeland Hill.

— Il est assez souvent venu dîner à la maison pour que je ne l'oublie pas. Je l'aimais bien. Il me parlait toujours, sans me traiter en gamine. Je croyais même que tu tenais à lui… avant qu'il doive s'en aller.

— Bien sûr que j'y tenais ! C'était mon meilleur ami !

Alaina se figea, le regard sévère.

— Ce n'est pas ce que je voulais dire, Xan. J'étais jeune, je te l'accorde, mais pas aveugle ou stupide pour autant. Tu l'aimais *beaucoup*.

Alex jeta un coup d'œil vers le fond du magasin, où le client était toujours absorbé par son choix de clous. Il passa une main dans ses cheveux et se frotta le cou.

— Ce n'était pas si simple, Lan. J'avais ma bourse de football et je ne sais trop comment maman et papa auraient réagi si…

— À mon avis, maman le savait. Après ce fameux combat, elle n'arrêtait pas de me poser des questions. Je crois que les parents l'auraient pris mieux que tu l'imagines.

— Peut-être, mais quelle importance à présent, hein ? Bon, Sam sait seulement que Ricky Lee et son… euh, compagnon ont des chambres communicantes à l'hôtel.

En ville depuis déjà deux jours, Ricky Lee n'avait pas tenté de rencontrer Alex, ce qui donnait une claire idée sur sa position vis-à-vis de lui.

— D'accord. En tout cas, si tu le revois, salue-le de ma part, veux-tu ?

La discussion cessa quand le client approcha du comptoir pour payer ses achats. Après son départ, Alaina ne parla plus de Ricky Lee et Alex passa la journée à sursauter chaque fois que la porte s'ouvrait. Le soir venu, aucun grand brun aux longs cheveux n'était entré à la quincaillerie Morrison.

À dix-huit heures, Alex ferma le magasin. Quant à Alaina, elle clôtura la caisse et prépara les bordereaux avec la recette du jour qu'elle alla déposer à la banque.

Sur le chemin du retour, elle s'arrêta au *Chicken Shack* (« *la maison du poulet* ») et en rapporta de quoi dîner.

Après avoir mangé, Alex prit une douche rapide et enfila l'un des deux costumes qu'il avait gardés du temps où il travaillait pour le cabinet OCA.

Il sortit de sa chambre et se rendit dans la salle de séjour. Alaina était installée dans le canapé, occupée à lire sur son iPad.

— Quelle classe ! déclara-t-elle.

Alex tourna sur lui-même et s'inclina devant elle.

— Ravi d'avoir l'approbation de ma petite sœur.

Il ne s'était regardé dans son miroir que le temps de passer un peigne dans ses courts cheveux blonds. Son costume gris foncé avait déjà plusieurs années, mais il lui allait toujours bien. Alex avait un peu perdu ses muscles de joueur de football, après que cette fichue blessure ait mis fin à ses rêves d'une carrière professionnelle, mais son travail actuel, assez physique, le maintenait en forme.

— Ne m'attends pas ce soir ! lança-t-il. Je risque de rentrer tard.

Il plaisantait : la fête ne durait que jusqu'à minuit et Freeland offrait peu d'options pour les noctambules, sauf si Sam et lui souhaitaient prendre un verre dans un des bars.

Alaina se leva pour le serrer dans ses bras.

— Ne fais pas de folies, conseilla-t-elle. Tu es magnifique ! Je ne te le dis pas assez souvent, mais j'ai beaucoup de chance de t'avoir comme frère.

— Tu n'es pas mal non plus comme sœur, répondit Alex.

Il l'embrassa le sommet de la tête. Il n'était pas très grand, un mètre soixante-quinze seulement, mais Alaina était toute petite à côté de lui.

— Assez de sentimentalisme ! protesta-t-il en se redressant. À plus tard.

— Amuse-toi bien.

Il s'apprêtait à sortir quand son téléphone sonna. Il le sortit de sa poche et fronça les sourcils en voyant le nom de Stephanie Keyes apparaître sur son écran.

— Salut, Stephanie. Un problème ?

— *Tu es toujours chez toi ? Le DJ a enfoncé un des piliers en déchargeant son matériel. Il est tout bancal. Peux-tu apporter de quoi le stabiliser ?*

Alex étouffa un soupir.

— Bien sûr. Je descends au magasin prendre mes outils et des étais. Je serai là dans quelques minutes.

Il avait prévu de prendre sa voiture, ce soir, mais finalement, ce serait encore le truck.

— Il y a toujours un problème avec elle, commenta Alaina en le suivant dans l'escalier. Je viens avec toi et je refermerai. Ça te fera gagner du temps.

QUAND Alex arriva à l'école secondaire, le parking était déjà bondé. Il s'arrêta devant le gymnase, déchargea son bois et sa boîte à outils au bord du trottoir et s'éloigna pour trouver où se garer. Il lui fallut tourner un moment.

Il descendit de son truck et revint sur ses pas. Il s'arrêta net devant une grosse moto noire.

Ben, merde alors ! Ricky Lee était là ?

Alex avait vu la liste des invités de ce soir et Ricky Lee Jennings n'en faisait pas partie. Bien sûr, on pouvait trouver sur internet la date de l'évènement sur le site de Freeland Hill, mais pourquoi Ricky Lee se serait-il donné la peine de le consulter ?

Il n'avait qu'une seule façon de le découvrir.

Il mit ses étais sur son épaule et ramassa sa boîte à outils avant de se diriger vers la porte du gymnase. À l'intérieur, une longue table de deux mètres quarante drapée aux couleurs de l'école – vert et or – filtrait les arrivants. Melissa Scott, une des bénévoles du comité, était assise, son regard sévère affrontant deux personnes debout devant elle.

— Vous ne pouvez pas entrer, vous n'êtes pas sur ma liste.

— Il y a des invités payants, répondit Ricky Lee. Je veux deux billets.

Sa voix était plus profonde que onze ans plus tôt, pourtant, Alex l'aurait reconnue n'importe où. Malgré tout, vu de près, l'homme adulte était très différent du souvenir qu'Alex avait gardé de l'adolescent.

À l'époque, Ricky Lee était d'une maigreur excessive, accentuée par sa haute taille – il avait toujours été plus grand qu'Alex. Quoi qu'il ait fait depuis son départ de Freeland, il s'était physiquement bien développé. Un élégant costume noir soulignait de larges épaules et de belles jambes musclées. Le col de la chemise, aux coins cassés, avait des boutons d'argent et d'onyx, et sa blancheur immaculée tranchait sur le teint mat – dû à son sang comanche – du long cou droit. Le visage était tout en méplats fermes et ciselés, les pommettes hautes. Les cheveux noirs étaient noués sur la nuque. Mais l'attention d'Alex se porta essentiellement sur les yeux sombres.

La voix ennuyée de Melissa l'arracha à sa transe.

— Non, vous ne pouvez pas acheter de billets, vous n'étiez pas dans cette classe à la remise des diplômes de 2008. Le règlement stipule clairement que seuls les anciens élèves ayant terminé leur scolarité à Freeland Hill peuvent assister à la fête, et leurs invités, bien entendu. J'ignore si vous êtes diplômé, mais vous ne l'avez pas été ici.

— Inutile de vous montrer aussi impolie.

Ricky Lee parlait calmement, mais il était clair qu'il ne céderait pas. En ça, il n'avait pas changé : il ne reculait jamais. Ce qui lui avait attiré tous ces problèmes, autrefois.

Alex posa son bois et sa boîte à outils avant de s'approcher de la table.

— Il est mon invité. Laisse-le entrer, Melissa.

— Tu avais dit venir avec Samantha, Alex !

— Tu sais très bien qu'elle a payé son inscription de son côté.

Une fois de plus, il fut reconnaissant à Sam d'être aussi farouchement indépendante et autonome.

Il se sentit tenu d'ajouter :

— Je… euh, je n'étais pas certain que Ricky Lee arriverait à temps.

Melissa restait tendue.

— Et son… ce… cette autre personne ?

Elle désignait la silhouette auprès de Ricky Lee, qu'Alex avait à peine remarquée jusque-là.

— Crae Adams, déclara Ricky Lee. Mon ami et… mon bras droit.

Crae tendit la main à Alex.

— Ravi de vous rencontrer. Lee m'a beaucoup parlé de vous.

Lee ? s'étonna Alex en son for intérieur. Il examinait Crae en cachant sa stupéfaction. Si Ricky Lee était vêtu avec une élégance classique, la tenue de Crae était plus… excentrique. Pantalon assez ample et veste en satin bleu électrique, avec des revers brodés de fleurs dorées, et tenue par de fines chaînes en or. En dessous, Crae portait une chemise crème à jabot ouverte à la gorge. Les yeux lourdement maquillés de henné étaient bleus, assortis aux dreadlocks qu'Alex avait notées le jour où la police avait contrôlé les deux motards.

Alex se tourna vers Melissa.

— Crae est également mon invité, déclara-t-il

Qu'aurait-il pu dire d'autre ?

Elle devint ponceau d'indignation.

— Mais… mais… tu ne peux pas avoir *deux* invités !

— Pourquoi pas ? demanda Alex. Rien ne l'interdit dans le règlement.

Il n'en savait strictement rien, mais Melissa non plus, aussi doutait-il qu'elle le traite publiquement de menteur. Il tira plusieurs billets de son portefeuille et les posa sur la table.

— Voici pour leurs billets.

— Mais, mais… bêla Melissa.

Alex ne l'écoutait plus.

— Stephanie m'a demandé des réparations de dernière minute. Je suis pressé.

Il récupéra ses outils et son bois, et adressa à Ricky Lee un sourire contraint.

— À tout à l'heure.

Chapitre quatre

ALEX n'attendit pas de voir si Ricky Lee et Crae le suivaient dans le gymnase. Dès qu'il aperçut Stephanie sur l'estrade – où elle semblait passer un savon au DJ –, il longea la piste de danse déserte et s'approcha d'elle.

— Quel est le poteau à étayer ? demanda-t-il.

Il était pressé de déposer sa boîte à outils et ses poteaux.

— Tu pourras quand même me saluer, Alex ! répondit-elle sèchement.

Mais quand elle se retourna pour l'examiner des pieds à la tête, toute irritation disparut de son visage. Son expression se fit appréciative.

— Tu as un très beau costume, enchaîna-t-elle. J'espère que tu ne vas pas le salir en réparant…

Elle cessa brusquement de parler, son attention attirée vers l'entrée du gymnase.

— Oh ! Serait-ce… ?

— Ricky Lee Jennings, oui.

— Que fait-il ici ? Et qui est avec lui ?

— Pourquoi ne pas le lui demander, Stephanie ? Après m'avoir montré quel poteau je dois consolider.

— C'est le deuxième à droite.

D'un geste négligent, elle désigna la structure derrière le DJ avant de s'éloigner d'un pas onduleux, le bas de sa robe rose irisée dénudant ses chevilles.

Alex passa devant le DJ, qui lui jeta un regard de commisération, et approcha du poteau branlant. Il déposa son chargement avec un soupir de soulagement. La tête appuyée contre le mur, il inspira plusieurs fois, profondément.

Merde, quoi. Merde.

Il attendait ces retrouvailles depuis onze ans, depuis le matin funeste où en arrivant à l'école, il avait entendu le directeur de Freeland Hill annoncer aux élèves assemblés l'expulsion de Ricky Lee Jennings pour attitude belligérante et combats répétés. En fin de journée, après les cours et son entraînement au football, il avait couru jusque chez Ricky Lee. Le vieux Billy Joe Jennings lui avait annoncé que son fils était déjà dans le bus pour Lawton, dans un établissement qui recevait les élèves « à problèmes », qu'il s'agisse de difficultés d'apprentissage ou comportementales.

— Et je m'en fous, avait annoncé Billy Joe, d'une voix que l'alcool empâtait. Il sera logé en foyer, je crois. Qu'il y reste ! Au moins, ça me coûtera rien. Et j'aurai plus à le nourrir.

Alex avait ravalé la réponse qu'il avait sur le bout de la langue : les Morrison avaient plus souvent et mieux nourri Ricky Lee que son père ne l'avait jamais fait ! Il avait dû écouter encore un moment les radotages rageurs du vieil ivrogne avant de lui soutirer la nouvelle adresse de Ricky Lee.

Par la suite, il mit des semaines à rédiger une lettre d'excuses, choisissant avec soin les mots qu'il osait envoyer par la poste.

Il ne reçut jamais de réponse.

Au fil des années, il imagina souvent retomber sur Ricky Lee dans un endroit ou un autre, obtenant ainsi sa chance de lui demander pardon pour sa lâcheté d'antan. Mais jamais il n'avait pensé que ces retrouvailles auraient lieu dans leur ancienne école, au milieu d'une foule composée de ceux qui les avaient connus autrefois : « les anciens élèves », comme Melissa ne cessait de le répéter.

Alex aurait voulu savoir comment Ricky Lee s'en était tiré dans son école alternative, et ce qui l'avait attiré en Oregon, de l'autre côté des États-Unis, et ce qui l'avait ramené à Freeland à ce moment, et ce qu'il avait fait au cours des dix dernières années.

Il aurait aussi voulu quitter en douce le gymnase, sinon la ville, et ne plus jamais avoir à réfléchir à tout ça.

Vas-y, idiot, s'admonesta-t-il. *Tu sais ce que tu dois lui dire. Merde, quoi, ça fait assez longtemps que tu ressasses ton petit laïus ! Arrête d'être couard et va l'affronter !*

C'était plus facile à penser qu'à faire.

Après avoir étayé le poteau abimé, Alex, pour gagner du temps, vérifia tous les autres de la structure. Il finit par ranger ses outils dans sa boîte et la glissa sous les gradins, avec les étais qu'il lui restait. Il reviendrait les récupérer avant de s'en aller. Il brossa son pantalon au niveau des genoux, puis l'avant de sa veste où il avait récolté un peu de poussière.

Il inspira un grand coup, se reboutonna et se passa la main dans les cheveux. Ayant assuré son apparence, il quitta l'abri qui le dissimulait de la foule.

Stephanie était sur l'estrade, à côté du DJ, un microphone à la main. Alex chercha des yeux Ricky Lee et l'aperçut attablé avec Crae près de la piste de danse. Si Stephanie était allée lui parler, elle n'avait pas réussi à le chasser.

Alex croisa le regard de Stephanie et, d'un pouce levé, lui indiqua que les réparations avaient été faites. Elle leva son micro et le tapota du doigt, créant ainsi un son trop aigu. Elle attendit que le DJ règle le volume pour entamer son discours d'ouverture :

— Élèves et invités de la classe 2008 de Freeland Hill, bonsoir. En tant que présidente du comité d'organisation de cette petite fête, j'ai le plaisir de vous accueillir pour célébrer les dix ans de notre diplôme de fin d'études secondaires !

Des applaudissements et quelques cris lui répondirent. Stephanie patienta le temps que l'agitation s'apaise avant de continuer.

— Je vais maintenant laisser la place à notre DJ, Tony, qui veillera à ce que nous passions une bonne soirée ! N'oubliez pas notre thème : *Soyez une rockstar, ce soir !*

Sous de nouveaux applaudissements, Stephanie quitta la scène. Quelqu'un lui cria au passage les mots de John Lee Hooker : *Shake it, baby !* (« *Danse, bébé, bouge-toi* »). Puis *Irreplaceable* de Beyoncé émana des haut-parleurs et monta jusqu'au toit du gymnase. Stephanie jeta un coup d'œil en direction d'Alex, mais avant qu'elle ait le temps de le rejoindre, Ashley Rogers, une autre des filles populaires autrefois, l'attrapa par le bras et l'entraîna dans un groupe de femmes qui applaudissaient et chantaient à tue-tête. Les premiers couples se lançaient sur la piste.

À nouveau, Alex regarda ce que faisait Ricky Lee.

Il parlait avec Crae, la tête en avant, plongé dans une discussion qui semblait fort animée. Alex hésita, peu désireux de les interrompre. Une fois de plus, il s'interrogea sur leur relation. Son « bras droit » ? À en juger par leur intimité, ils n'étaient pas seulement liés à titre professionnel. D'apparence et de vêture, Crae était assez androgyne pour qu'Alex ne puisse deviner son sexe. Il tenta de se rappeler si Ricky Lee, en lui présentant Crae, l'avait désigné par « il » ou « elle », mais sans s'en souvenir. Il avait dit « ami(e) », ce qui, à l'oreille, s'appliquait aussi bien à un homme qu'à une femme. Ricky Lee étant ouvertement gay, Alex présumait que Crae était un homme – ce qui lui provoquait une étrange douleur dans la poitrine. Mais Crae était assez mince pour être une femme. Ricky Lee avait-il pu changer à ce point en onze ans ?

Crae dit quelque chose qui fit rire Ricky Lee, transformant complètement la sévérité habituelle de son expression. Alex se souvint que Ricky Lee riait de la même façon, autrefois, quand ils étudiaient ensemble… Une nostalgie douce-amère lui serra la gorge. Il venait juste de décider d'aller prendre un verre – un bar avait été installé sur de longues tables, au fond du gymnase – pour soulager son oppression, quand Ricky Lee leva les yeux et l'aperçut. D'un signe, il lui demanda d'approcher.

En arrivant devant leur table, Alex proposa :

— Voulez-vous boire quelque chose ? Du punch ou une bière ?

Il parlait assez fort pour se faire entendre malgré la musique. Crae refusa de la tête, mais Ricky Lee se redressa.

— Je t'accompagne.

Génial.

Alex évita soigneusement le bol de punch rouge vif qui trônait sur la table-bar – on ne savait jamais ce qu'il y avait dans ce genre de boisson ! – et s'empara d'une bière conservée au frais dans une vaste glacière remplie de glace pilée. Ricky Lee se contenta d'une bouteille d'eau. Chacun sirota sa bouteille, les yeux sur la piste de danse qui se remplissait rapidement.

Avant de perdre courage, Alex lança :

— Ça te dit qu'on parle dans un endroit plus calme ?

Ricky Lee leva un sourcil.

— Bien sûr.

Alex ignorait si l'école serait ouverte ce soir, à part le gymnase, aussi entraîna-t-il Ricky Lee à l'extérieur, ignorant le regard inquisiteur que lui lança Melissa au passage. Ils marchèrent sur le trottoir jusqu'à être hors de vue des portes du gymnase. Ricky Lee s'arrêta et s'appuya contre la grille métallique où Alex rangeait son vélo autrefois. Il n'avait commencé à conduire qu'en dernière année d'école.

Ricky Lee restait muet, se contentant de fixer Alex. Ses yeux noirs n'exprimaient qu'un intérêt modéré.

Comment pouvait-il être si difficile de prononcer des mots qu'il avait répétés d'innombrables fois dans sa tête ?

Alex prit une gorgée de bière et s'éclaircit la gorge.

— Euh, Ricky Lee, je… je te dois des excuses.

Une fois qu'il fut lancé, sa langue se délia,

— Je n'aurais jamais dû laisser Odell nous menacer, hum, *me* menacer comme ça. J'aurais dû le laisser raconter ce qu'il voulait et en accepter les conséquences. Tu as payé cher ma... ma lâcheté et je trouve ça très injuste.

— Tout a commencé à cause de moi, répondit Ricky Lee avec un calme surprenant. Je te rappelle qu'Odell m'a vu t'embrasser.

— Je... pour ça, il faut être deux ! protesta Alex.

D'accord, c'était la première fois qu'il embrassait un garçon, mais avait-il été si nul que Ricky Lee ne s'était pas rendu compte que son baiser lui était rendu ?

Alex enchaîna :

— Je m'en veux d'avoir laissé Odell sous-entendre que tu m'avais forcé ! J'aurais dû lui tenir tête. Si je l'avais fait, peut-être n'aurais-tu pas été renvoyé.

— Tu le crois *vraiment ?*

Ricky Lee éclata d'un rire qui était loin d'avoir l'insouciance de celui qu'il venait de partager avec Crae.

— Non, reprit-il, ils auraient trouvé un autre motif, c'est tout. Tu étais la vedette de l'école, sinon de la ville, et tu le méritais. Personne ne voulait gâcher cette chance de remporter le championnat d'État en contrariant Odell ou toi. Et je ne comptais certainement pas te faire perdre ta bourse d'études.

Mais rien n'avait tourné comme prévu.

— Si je t'avais défendu... s'obstina Alex.

— Tu aurais peut-être perdu ta bourse et j'aurais été expulsé pour un autre motif. J'espère que tu n'en as pas eu de remords inutiles pendant toutes ces années, dis-moi ? Parce qu'aller à Lawton a été la meilleure chose qui me soit arrivée de toute ma vie.

Alex eut l'impression de recevoir un coup de poing dans le ventre. Il suffoquait. Pendant onze ans, il s'était senti coupable de cette expulsion et voilà que Ricky Lee la considérait comme un simple aléa de parcours ? Quant à ce qui s'était passé entre eux toutes ces années auparavant, Ricky Lee n'en avait manifestement pas gardé le même souvenir brûlant qu'Alex.

— J'aurais aimé l'apprendre plus tôt, marmonna-t-il. Je t'ai écrit pour m'excuser, mais peut-être n'as-tu pas reçu ma lettre.

La lumière était mauvaise dans ce coin du parking, aussi Alex n'aurait-il pu jurer que Ricky Lee piquait un fard.

— Si, je l'ai eue. C'est juste que… je n'ai pas vu l'intérêt d'y répondre. J'ai trouvé préférable pour nous deux de tourner la page et d'oublier le passé.

Voilà qui expliquait tout, pensa Alex.

— Bien, la situation est claire, tant mieux, déclara-t-il. Maintenant, nous devrions retourner au gymnase. Crae doit se demander où tu as disparu.

Ils revinrent sur leurs pas en silence. Alors qu'ils pénétraient dans le gymnase, la musique changea, passant d'un tube pop à une jolie ballade de John Mayer *Waiting for the World to Change* (« *En attendant que le monde change* »).

Avec un sourire, Ricky Lee se tourna vers Alex.

— Si tu crois me devoir quelque chose, danse avec moi et nous serons quittes, d'accord ?

Alex leva sur lui un regard sidéré.

— Tu viens de dire que mieux valait oublier le passé !

— Oui, justement. Vivons le moment présent.

Une migraine lancinante se mit à battre derrière les orbites d'Alex. Oui, il aurait dû avouer franchement ce qui s'était passé entre eux onze ans plus tôt, il venait de le dire à Ricky Lee, mais depuis lors, de l'eau avait passé sous les ponts. Alex n'avait jamais reçu aucune nouvelle de Ricky Lee, il avait raté son mariage et vu s'évanouir ses deux projets de carrière.

Son irritation naissante flamba en une franche colère. Pour qui se prenait Ricky Lee de revenir dans sa vie sans prévenir, de tout bouleverser, de lui réclamer une danse par caprice ?

Comme s'il devinait ses pensées, Ricky Lee ajouta :

— Ne panique pas. C'est juste une danse.

— *Juste une danse* ! répéta Alex, amer. Juste une nouvelle chance pour toi de provoquer tout le monde, de prouver que tu te fiches de l'opinion d'autrui ! Tu n'as pas changé, tu t'es toujours moqué de ce qu'on pensait de toi. Et c'était la principale cause de tous tes problèmes. Dire que je t'admirais pour ça ! Mais toi, demain, tu remonteras sur ta grosse Harley et tu rentreras chez toi, très loin d'ici. Moi, je devrai rester à Freeland, vivre avec ces gens et affronter les conséquences de mes actes. Alors, je vais te dire un truc, Ricky Lee : ça n'en vaut pas la peine.

Chapitre cinq

ALEX inspira avec difficulté et chercha à se calmer. La musique étant toujours très forte, personne, apparemment, n'avait perçu ses éclats de voix, mais cela risquait de ne pas durer.

Ricky Lee n'exprima rien devant ce rejet. Pourtant, quelque chose brillait dans ses yeux sombres, comme un soupçon d'amusement.

— Tu es toujours dans le placard ? demanda-t-il, aussi calme que s'il parlait de la météo.

Alex l'attrapa par l'épaule – une épaule beaucoup plus musclée que dans ses souvenirs – et l'éloigna du bord de la piste : c'était un peu plus calme contre les murs.

Il écarta sa main avant d'être submergé par son désir d'explorer davantage le torse solide qu'il devinait sous le costume sombre.

— Je ne suis pas gay ! siffla-t-il. J'ai été marié pendant trois ans.

— Mais ça n'a pas duré.

— Pas parce que j'aurais préféré un homme !

— Je vois. Donc, Freeland te considère toujours comme un hétéro pur et dur… comme autrefois, à l'école, c'est ça ?

Sans coup férir, Ricky Lee avait mis le doigt sur un problème qu'Alex préférait ne pas examiner de trop près. Sa migraine empirait, lui martelant les temples au rythme d'un tambour dont les échos résonnaient dans son crâne.

— Ma vie sexuelle… ne regarde pas Freeland, jeta-t-il. Ni toi.

Ricky Lee s'approcha et susurra d'une voix insidieuse :

— Et si je veux que ça change ?

Une voix les interrompit :

— Que faites-vous tous les deux cachés dans un coin ?

Jamais Alex n'aurait pu imaginer d'être un jour reconnaissant à Stephanie Keyes de le poursuivre, mais ce soir-là, il accueillit la diversion avec soulagement.

Elle tendit la main en disant :

— Viens, Alex. Je veux danser avec toi.

Il se laissa entraîner sur la piste de danse, où Nelly Furtado les exhortait à « rester dans le droit chemin ». Il tenta d'occulter les paroles et d'oublier que Ricky Lee, dans l'ombre, les regardait danser et s'abandonna au rythme de la musique. Il avait toujours aimé danser avec Katie et Sam. Et non, il ne se permettrait pas de rêver qu'il aurait pu être avec Ricky Lee.

D'ailleurs, il n'aurait pas pu garder bien longtemps ce fantasme, car quand il pivota pour suivre un mouvement particulièrement tourbillonnant de Stephanie, il vit Ricky Lee et Crae danser ensemble, chacun tenant l'autre aux hanches. Leur complicité physique, élégante et intime, déclencha une vague de chaleur chez Alex. Il se força à se concentrer sur Stephanie, repoussant la tentation d'admirer la sensualité avec laquelle bougeait Ricky Lee.

Maintenant qu'il s'était jeté à l'eau avec Stephanie, Alex accomplit son devoir implicite en dansant avec la plupart de ses anciennes camarades de classe, les célibataires et les femmes mariées, du moins quand il était certain que l'époux n'en prendrait pas ombrage. Si quelqu'un remarqua qu'il ne s'attablait pas avec ses prétendus invités, personne ne vint l'interroger franchement. Malgré tout, Alex était certain qu'on parlait beaucoup de lui, car il nota plusieurs conversations qui s'arrêtaient brusquement quand il s'approchait d'une table ou de l'autre. Il se consola en constatant que sa migraine s'était atténuée, du moins tant qu'il restait à distance de Ricky Lee.

Sam arriva peu après vingt-deux heures. Malgré ses affirmations de la veille, elle avait pris le temps de se changer : elle s'était débarrassée de son uniforme et portait une élégante petite robe noire. Alex préférait son élégante simplicité aux robes flamboyantes et aux bijoux ostentatoires des autres femmes de l'assistance.

Sam l'étreignit affectueusement, puis elle esquissa un sourire moqueur :

— Dis donc, je viens d'apprendre que Ricky Lee et son ami sont tes invités. Melissa s'est empressée de me le dire à l'entrée. Savais-tu qu'il comptait venir ?

— Non, j'ai été aussi surpris que tout le monde. Je ne l'ai pas revu depuis qu'il est arrivé en ville. Il ne m'a donné aucune nouvelle…

Sam jeta un coup d'œil à la table où Ricky Lee et Crae, à nouveau assis, discutaient, leurs têtes l'une contre l'autre.

— Et ce soir, tu as pu lui parler ? demanda-t-elle. T'a-t-il dit ce qu'il faisait à Freeland ?

Alex pouvait difficilement révéler son opinion personnelle : Ricky Lee n'était revenu que pour le tourmenter.

— Oui et non. Nous avons un peu discuté, mais essentiellement du passé.

Sam lui lança un regard interrogateur, mais, au grand soulagement d'Alex, elle n'insista pas.

— Bon, allons danser avant la fin de cette fichue soirée, déclara-t-elle.

L'heure et demie suivante passa agréablement, Sam et Alex dansèrent et papotèrent avec leurs amis. Les membres de l'ancienne équipe de football étaient attablés ensemble. Quand Alex s'arrêta discuter avec eux, il ne put manquer le regard noir qu'Odell Tillman lançait à Ricky Lee. Par chance, la femme d'Odell était une danseuse acharnée, aussi garda-t-elle son mari sur la piste l'essentiel de la soirée et la confrontation qu'Alex redoutait n'eut-elle pas lieu.

Chaque fois qu'on l'interrogeait, Alex se contentait de répondre que Ricky Lee étant lui aussi un ancien élève de Freeland Hill, il avait sa place ici ce soir. Il précisait aussi tout ignorer de ce qu'avait fait Ricky Lee en quittant Freeland onze ans plus tôt et de ses projets concernant un séjour en ville, prolongé ou pas. Quand Ricky Lee et Crae ne dansaient pas, plusieurs personnes s'approchèrent de leur table pour parler avec eux, mais d'après Alex, les curieux n'apprirent rien de particulier. Alex espérait que Sam n'avait pas remarqué qu'il veillait à danser avec elle chaque fois que Ricky

Lee et Crae retournaient à leur table, évitant ainsi d'avoir à leur parler.

Il chercha à se convaincre que si Ricky Lee le regardait danser avec Sam, cela n'avait aucune importance.

Juste avant minuit, Tony le DJ annonça la dernière chanson de la soirée. Bien entendu, c'était un slow : *Far Away* (« *au loin* »), de Nickelback. Dès que les premières notes émanèrent des haut-parleurs, Alex prit Sam dans ses bras. Tous les couples se ruèrent sur la piste de danse, qui fut vite bondée. La joue appuyée contre les cheveux de Sam, Alex fouilla la foule du regard jusqu'à trouver Ricky Lee et Crae lovés l'un contre l'autre, ondulant pratiquement sur place. Il déglutit et ferma les yeux, en se disant avoir pris la bonne décision.

La chanson terminée, on ralluma les néons et le gymnase commença à se vider. Les participants à la fête se disaient au revoir, rassemblaient leurs affaires et se dirigeaient vers le parking. Alex, qui faisait partie du comité d'organisation, resta pour aider au nettoyage : il débarrassa les verres et bouteilles vides, et jeta les serviettes sales. Il reviendrait le lendemain soir pour démonter les tables et plier les chaises, ôter la structure, les poteaux et les décorations pendues du plafond.

Sam aidait aussi. Alex finissait d'attacher un sac-poubelle quand des cris à l'extérieur attirèrent son attention. Sam récupéra son sac à main et tous deux sortirent précipitamment sur le parking. Deux hommes, manifestement ivres, s'en prenaient à Crae Adams. En approchant du groupe, Alex reconnut Mike Penry et JC Haynes, deux anciens élèves de sa classe qu'il évitait en temps normal, se souvenant d'eux à l'école comme deux brutes épaisses. L'âge n'avait en rien amélioré leur comportement.

— On t'a regardé toute la nuit, déclarait JC, et je sais toujours pas si t'es une fille ou un mec.

— C'est un mec qui ressemble à une fille, ricana Mike, qui paraissait se trouver très spirituel.

JC fit un pas vers Crae,

— Viens ici, on va vérifier, d'accord ? grogna-t-il.

Alex regarda autour de lui. À sa grande surprise, Ricky Lee était à quelques mètres, les bras croisés sur la poitrine, sans intervenir.

Voyant Sam ouvrir son sac, Alex comprit qu'elle devait avoir à l'intérieur son arme de service. Il croisa son regard : d'un signe discret, elle lui indiqua qu'elle était prête, mais que pour le moment, la situation ne justifiait pas son intervention. Aucune menace n'avait été proférée.

JC avança encore, Mike sur ses talons. Il tendit la main, mais Crae recula et se mit hors de portée.

— Vous devriez laisser tomber, annonça calmement Ricky Lee, sans bouger.

— Toi, l'indien, mêle-toi de tes oignons, rétorqua Mike.

Avançant toujours, chacun d'un côté, les deux hommes encerclèrent Crae, lui coupant toute retraite.

— Quelle grossièreté ! lança Crae. Je n'en vois pas l'intérêt. Vous devriez rentrer chez vous et cuver votre alcool.

— Non, tu viens avec nous. Je veux savoir ce que tu caches sous ton costume de pédé !

À peine avait-il fini de parler que JC sautait sur Crae. Instantanément, la situation explosa. D'un mouvement souple et fluide, aussi gracieux qu'un pas de danse classique, Crae bondit en avant et leva un genou, atteignant JC en pleine poitrine. Sous la force de l'impact, JC s'écroula sur l'asphalte. Il n'était pas encore relevé que Crae pivotait sur lui-même et son avant-bras bloqua le poing de Mike. De sa main libre, Crae frappa son agresseur au visage, lui éclatant le nez. Un jet de sang jaillit. Mike hurla en agitant les poings. Sans effort, Crae évita les coups et lança son pied derrière le genou de l'ivrogne. Déséquilibré, Mike s'écroula lourdement. JC s'était remis à genoux, mais quand il jeta un coup d'œil à Crae, qui n'était même pas essoufflé, il jugea bon d'en rester là.

Il aida Mike à se redresser. Tous deux vacillaient.

— Et puisque ça vous intéresse tellement, déclara Crae, je refuse d'être coincé dans ce concept binaire où la sexualité se doit d'être spécifiquement masculine ou féminine. Je ne dévoile mon corps qu'à ceux avec qui je partage mon lit. Et comme ça ne risque pas de vous arriver, ce que je cache sous mes vêtements ne vous regarde absolument pas. Point barre.

Sam brandit son badge.

— Maintenant, fichez-moi le camp, sinon je vous arrête pour trouble et ébriété sur la voie publique. Et je vous conseille de ne pas partir en voiture ! Conduire en état d'ivresse vous coûterait cher !

JC et Mike détalèrent sans ajouter un mot.

Bougeant enfin, Ricky Lee se rapprocha d'eux. Crae remettait calmement en place la veste de son « costume de pédé ».

Alex secoua la tête, sous le choc.

— Merde ! Qu'est-ce qui s'est passé ? C'était quoi… ce truc ?

— Du *muay-thaï*, répondit Ricky Lee, de la boxe thaïe, si tu préfères, c'est un sport national en Thaïlande. On l'appelle *l'art des huit membres*, car ce sport martial utilise les mains, les pieds, les avant-bras et les tibias. C'est comme ça que j'ai connu Crae. Je cherchais un entraînement physique d'un nouveau genre et Crae était déjà *nak muay*, un adepte.

— Alors, vous avez pris des cours ensemble ?

— Non, il était mon professeur.

— Les apparences sont souvent trompeuses, intervint Crae. Avec ma façon de m'habiller, les gens ont tendance à me sous-estimer. C'est un avantage que je n'hésite pas à exploiter.

Alex devina que ce n'était pas la première fois que Crae avait à se défendre. Mais ce qui le troublait, c'était la réponse de l'ami de Ricky Lee concernant son sexe. Devait-il le traiter en homme ou en femme ?

Il préféra lui poser la question :

— Crae, comment préférez-vous qu'on s'adresse à vous ?

Il espérait s'être exprimé dans les formes, ne voulant ni commettre un impair ni offenser Crae.

— Merci d'être aussi franc, répondit Crae avec un sourire. Je préfère qu'on m'appelle Crae, mais ce n'est pas toujours possible, je le sais bien. Utilisez « ils », au pluriel. Se référer à une seule personne par un pluriel peut paraître bizarre, mais les pronoms singuliers sont trop résolument binaires à mon goût.

Alex comprenait mieux pourquoi Ricky Lee choisissait ses mots avec soin quand il évoquait Crae. C'était faire preuve d'une rare sensibilité ! Plein d'admiration, Alex résolut de s'y essayer également.

Sam s'adressa à Crae :

— Si vous comptez rester en ville un moment, j'aimerais discuter avec vous de ce *muay-thaï*. Je ne connais pas du tout, mais ça me paraît très utile. Étant la seule femme de la police de Freeland, il y a des moments où un certain avantage ne me ferait pas de mal.

Du regard, Crae consulta Ricky Lee. Le notant, Alex s'interrogea une fois de plus sur la nature de leur relation.

— Nous resterons un certain temps, répondit Ricky Lee.

Pendant que Sam et Crae se lançaient dans une conversation animée sur la boxe thaïe, Rocky Lee se pencha vers Alex et reprit à mi-voix :

— Toi et moi avons à parler, tu ne crois pas ? J'aimerais t'inviter à dîner.

Alex lutta contre son impulsion d'accepter sans attendre. Il évoqua mentalement son agenda de la semaine.

— Demain soir, je vais devoir revenir au gymnase et aider à tout démonter. Lundi soir, j'ai réunion à la bibliothèque, mercredi, il y a conseil municipal et mardi, jeudi et le vendredi, je suis de nuit à la quincaillerie.

Il soupira. Ricky Lee ne resterait certainement pas un week-end de plus. Il n'osa pas l'interroger franchement, craignant de trop se dévoiler.

Ricky Lee secoua la tête.

— Tu n'as jamais de temps libre, on dirait ! Bien, ne prévois rien le prochain week-end, Alex. Tu seras tout à moi.

Chapitre six

ALEX regardait le plafond. Le clair de lune qui
passait par la fenêtre de sa chambre y jetait des
ombres aussi insaisissables et éphémères que ses
pensées. Chaque fois qu'il tentait de rouler sur le côté
et de s'endormir, son cerveau insistait pour revivre la
nuit écoulée, remplie de moments à la fois intenses et
contradictoires, et Alex était hanté par des questions
sans réponse. Si au moins il avait su pourquoi Ricky
Lee était de retour à Freeland et ce qu'il voulait
vraiment, peut-être serait-il mieux capable d'affronter
l'instabilité de ses émotions.

Au fil des années, il avait imaginé diverses
réactions à ses excuses à Ricky Lee, depuis un
coup de poing bien mérité jusqu'à l'absolution et
la reprise de leur amitié, même si ce devait être à

distance. Mais jamais il n'avait prévu que Ricky Lee
considère son silence d'antan comme insignifiant.
« *Aller à Lawton a été la meilleure chose qui me
soit jamais arrivée,* » avait déclaré Ricky Lee. « *J'ai
trouvé préférable pour nous deux de tourner la page
et d'oublier le passé.* »

Ça faisait mal, mais si Ricky Lee s'en était tenu là,
Alex aurait pu accepter la fin de leur amitié et continuer
sa vie. Mais Ricky Lee semblait avoir d'autres idées en
tête. Avec un ricanement, Alex bourra son oreiller en
cherchant une position plus confortable. Qui essayait-il
de leurrer ? Ricky Lee n'avait pas caché son intérêt :
ce qu'il attendait d'Alex n'était pas une simple amitié.
« *Et si je veux que ça change ?* » avait-il demandé dans
un murmure qui évoquait la séduction et le péché quand
Alex avait prétendu que sa vie sexuelle ne regardait
personne…

Alex envisagea de céder, ne serait-ce que pour
satisfaire une curiosité qui le démangeait depuis
onze ans : que ce serait-il passé si Ricky Lee et lui
s'étaient aventurés plus avant sur le chemin qu'ils
avaient commencé à prendre ? Au cours des années,
jamais un autre homme ne l'avait autant attiré. Les
quelques aventures qu'il avait tentées l'avaient laissé
insatisfait, sans bannir ses souvenirs d'antan. Même
si sa liaison avec Ricky Lee ne durait qu'un week-
end, au moins Alex aurait mieux pour alimenter ses
futurs fantasmes que son imagination adolescente. Il
n'était plus un ado, Ricky Lee non plus. En revoyant
ce dernier danser sensuellement, Alex sentit son
sexe durcir. Il avait eu envie d'arracher son élégant
costume et de découvrir sa large poitrine, ses
hanches étroites, ses jambes longues et solides. À
l'école, Ricky Lee n'avait pas cette musculature,

aussi Alex se demandait-il comment il l'avait obtenue. Qu'avait fait Ricky Lee avant de pratiquer le *muay-thaï* avec Crae ?

Crae. Si Alex hésitait encore à céder son désir, c'était d'avoir entendu Ricky Lee présenter Crae comme « mon ami ». Peut-être les deux hommes travaillaient-ils ensemble, mais à en juger par leur danse de ce soir, Alex devinait qu'il y avait davantage entre eux. Il n'y voyait rien de mal, d'ailleurs, reconnaissant à Ricky Lee le droit de trouver le bonheur, ou même une simple satisfaction physique avec qui bon lui semblait. De plus, Crae lui était sympathique. Dans d'autres circonstances, il aurait aimé mieux le connaître. Mais se trouver avec Ricky Lee et son… « ami », quel que soit le sens donné à ce mot, serait déplacé. Alex ne s'en sentait pas capable. Il espérait que Ricky Lee n'avait pas changé au point d'accepter ce genre de comportement.

Avec un soupir, il frappa encore son oreiller, mais sa nouvelle position ne l'aida pas à se détendre. En vérité, il ignorait jusqu'à quel point Ricky Lee avait changé. Les quelques mots échangés ce soir ne suffisaient pas à le renseigner, les rares indices récoltés lui paraissant des plus contradictoires.

Si Ricky Lee ne voulait que baiser en souvenir de l'ancien temps, pourquoi s'attarder une semaine entière dans une ville dont il ne gardait certainement que de mauvais souvenirs ? Peut-être était-il aussi curieux qu'Alex de savoir de ce qui s'était passé durant les années où ils avaient été séparés. Dans ce cas, ils dîneraient et se racontaient leurs vies, ensuite… quoi ? « *Samedi soir, tu es à moi,* » avait répété Ricky Lee avant de monter sur cette moto ridiculement phallique, Crae accroché à son dos.

Alex enfouit son visage dans son oreiller en essayant de décider s'il souhaitait vraiment que ce soit juste une façon de parler.

— **ALORS,** comment ça s'est passé ? demanda Alaina le lendemain matin.

Comme de coutume, le frère et la sœur prenaient ensemble leur petit-déjeuner dominical avant de se rendre à l'église. Alex cassa des œufs dans la poêle en fonte de sa mère, en espérant ne pas avoir les paupières aussi lourdes qu'il en avait la sensation.

— Comme tu peux l'imaginer, répondit-il. Même si tout le monde ou presque se connaissait déjà, il y a eu des anecdotes échangées entre deux danses. Au fait, la musique était composée de vieux airs que personne n'écoute plus depuis l'école.

Alaina récupéra les toasts dans le grille-pain et les beurra, puis elle en posa un dans chaque assiette à côté du bacon qu'elle avait déjà retiré du four.

— Ne sois pas obtus, Xan. Ricky Lee et son ami se sont-ils pointés ?

— Comment as-tu déjà pu en entendre parler ? Bon sang, les ragots dans cette ville sont encore pires que je le pensais !

Une raison de plus pour être prudent concernant Ricky Lee.

Elle attendit qu'Alex fasse glisser sa part d'œufs dans son assiette, puis alla s'asseoir à table, en face de lui.

— Je ne suis pas stupide, je te l'ai déjà dit. D'après moi, c'était la seule raison ayant pu le pousser à arriver en ville peu avant le grand jour.

Alex se demanda ce qu'il pouvait révéler à Alaina, puis devina qu'elle finirait par tout apprendre, d'une façon ou d'une autre. En plus, il n'avait jamais réussi à lui cacher quoi que ce soit.

— Eh bien, oui, ils sont venus. Et Melissa ne voulait pas les laisser entrer, alors j'ai prétendu que Ricky Lee et Crae – c'est son ami – étaient tous les deux mes invités.

— Crois-tu qu'ils sont ensemble ? En couple, je veux dire !

Elle souriait, pleine de compassion. Il secoua la tête.

— Comment veux-tu que je le sache ? Crae refuse de rentrer dans le concept binaire, soit dit en passant. En fin de soirée, alors que tout le monde était déjà parti, deux crétins enivrés ont essayé de le coincer dans le parking : Crae les a laissés sur le cul – au sens littéral. C'était incroyable !

Réalisant qu'il n'avait pas répondu à la question d'Alaina, il ajouta :

— Et je les ai vus danser ensemble, alors, oui, je les crois en couple.

C'était vrai au départ, mais depuis la demande de Ricky Lee, il comprenait nettement moins la nature de leur relation.

Alaina mangea une tranche de bacon avant de reprendre la parole.

— Et ça ne te plaît pas.

— Ça ne me regarde pas, Lan.

Elle voulut ajouter quelque chose, mais il parla le premier :

— Le temps a passé. Je ne pense pas très sain de chercher à ranimer le passé.

— Cause toujours, frangin. Ricky Lee compte-t-il rester en ville ?

Alex passa la main dans ses cheveux.

— Au moins cette semaine, en tout cas. Nous dînons ensemble samedi soir... il veut me parler. Juste *parler*, insista-t-il en voyant Alaina bouger les sourcils avec un sourire égrillard.

Elle termina ses œufs, sauça son assiette avec ce qui restait de son toast et s'essuya la bouche.

— D'accord, déclara-t-elle ensuite. Parler, c'est un bon début. Mais ne prends pas de décision hâtive avant d'entendre ce qu'il a à te dire. Je te connais, Xan. Au moindre prétexte, tu vas te convaincre que mieux vaut annuler ce dîner.

Il se leva et commença à récupérer la vaisselle sale à déposer dans le lave-vaisselle.

— Ravi de constater que ma sœur a confiance en moi, marmonna-t-il.

Elle s'approcha pour l'embrasser sur la joue.

— Hé, la famille, c'est fait pour parler franc. Je te connais, répéta-t-elle.

À LA sortie de l'église St Michael, tout le monde ne parlait que de la fête de la veille et de l'apparition surprenante de Ricky Lee et de Crae.

Après la messe, le père John Nally vint saluer Alex et Alaina.

— Je ne pense pas connaître ce Ricky Lee Jennings qui a provoqué une si forte émotion en ville, déclara-t-il.

— Il a quitté Freeland avant votre arrivée dans la paroisse, répondit Alex.

Quelles rumeurs le père John avait-il bien pu entendre ? se demanda-t-il. Il semblait relativement progressif, mais par rapport à l'ancien pasteur, ce n'était pas difficile. Ordonné dans les années soixante, le père Wasson n'avait pas été touché par le libéralisme de son temps.

— Nous étions amis à l'école, enchaîna Alex, mais il a quitté Freeland il y a plus de dix ans et nous nous sommes perdus de vue.

Il ne pensait pas que Ricky Lee prolonge son séjour au-delà d'une semaine ou deux, aussi les ragots se calmeraient-ils très vite une fois que plus rien ne viendrait les alimenter – du moins l'espérait-il.

— Eh bien, pour citer Socrate, les grands esprits discutent des idées ; les esprits moyens discutent des événements ; les petits esprits discutent des gens.

Alex se demandait toujours ce que le père John avait entendu, et surtout si cela le concernait également. Il hésitait à poser franchement la question, très peu sûr de vouloir connaître la réponse.

Le prêtre enchaînait déjà :

— Vous verrai-je samedi sur le site de construction ?

Depuis le début de l'été, les bénévoles de la paroisse travaillaient sur un projet d'entraide humanitaire et, sauf retard imprévu, la maison serait terminée avant la fin de l'année.

— J'ai préparé des pistolets et des cartouches de mastic. Si les Accosta nous servent pour déjeuner les mêmes *enchiladas* que le week-end dernier, les volontaires ne manqueront pas.

Il avait oublié de mentionner ce chantier à Ricky Lee, mais en général, les travaux s'arrêtaient bien avant la tombée de la nuit, aussi serait-il libre pour le dîner prévu. En y repensant, il s'empourpra. Il espéra que le père John ne le remarquerait pas.

— C'est bon de savoir que nous pouvons toujours compter sur vous, Alex. Que la grâce du Seigneur vous accompagne cette semaine.

APRÈS avoir déposé Alaina à la maison, Alex retourna à Freeland Hill aider à démanteler les décorations du gymnase. Il aurait aimé – mais sans vraiment y croire – que les bavardages concernant la soirée de la veille se soient un peu calmés. Ce ne fut pas le cas.

— Je me demande vraiment pourquoi il est revenu, déclara Ashley Rogers.

Bien entendu, Alex ne demanda pas qui était le « il ».

Ashley et lui détachaient les plaques de contreplaqué pour les emporter dans le hangar. Avec une nouvelle couche de peinture, ces décors pourraient encore servir à d'autres occasions au groupe de théâtre.

— Qu'en penses-tu, Alex ? insista Ashley.

Il étouffa un soupir. Comme il avait été le seul à accueillir Ricky Lee et Crae en les invitant à sa table le soir de la fête, tout le monde le supposait au courant de leurs projets.

— Peut-être veut-il seulement revoir la ville où il a grandi.

Non que l'enfance de Ricky Lee ait été de celles dont on tient à se souvenir, mais Alex ne voyait pas d'autre réponse à donner.

Après avoir supervisé le démontage des tables, le pliage des chaises et le retour du tout à la cafétéria, Stephanie les rejoignit. Elle avait entendu la réponse d'Alex.

— Peut-être, mais dans ce cas, il aurait quitté la ville après la fête, non ? Or, j'ai entendu dire que lui et son ami gardaient toute la semaine leurs chambres à l'hôtel.

— Il pouvait difficilement retourner chez lui, intervint Melissa, avec aigreur. La maison a été démolie à la mort de Billy Joe Jennings. De toute façon, vu son état de délabrement, elle n'aurait pas tardé à s'effondrer d'elle-même.

C'était très injuste qu'elle sous-entende que Ricky Lee était plus ou moins responsable de la dégradation d'une maison située dans le pire quartier de la ville et qu'il avait quitté une décennie plus tôt, mais Alex voyait mal en quoi exprimer son opinion améliorerait la situation.

— Je me demande ce qu'il a fait dans la vie pour avoir les moyen de payer une semaine à l'hôtel, renchérit Ashley. Ces suites sont hors de prix !

Melissa ricana :

— Ce qui me surprend, c'est qu'ils se donnent la peine de prendre *deux* chambres. Quand on les voit danser ensemble et s'exhiber sans honte, dans les bras l'un de l'autre, il est évident qu'une seule aurait suffi !

— Avez-vous remarqué qu'il…

Sans plus écouter, Alex quitta le gymnase pour aller chercher dans son pick-up les échelles dont il aurait besoin pour atteindre le plafond et ôter les décorations. Plus tôt tout serait fini, plus vite il pourrait s'en aller avant de lâcher des paroles qu'il risquait de regretter plus tard.

Malgré les années écoulées, rien n'avait changé : la plupart des gens restaient enclins à penser le pire de Ricky Lee.

Chapitre sept

CE soir-là, en se mettant au lit, Alex n'avait toujours pas de réponse aux questions qui le hantaient. Il s'endormit cependant comme une masse pour huit heures de sommeil ininterrompu. Soit son cerveau s'était lassé de ressasser, soit son corps était au bout de ses réserves. Les rayons du soleil passant à travers sa fenêtre le réveillèrent avant que sonne son alarme. Il ouvrait les yeux tous les jours à sept heures, même quand Alaina se chargeait d'ouvrir la quincaillerie et que lui n'avait pas à s'y rendre avant quatorze heures. Il quitta son lit et s'étira avant d'enfiler un short et un tee-shirt à manches longues. Il s'accroupit enfin pour lacer ses chaussures de jogging.

Dès qu'il ouvrit la porte de sa chambre, Buck dansa autour de lui et le suivit dans la cuisine, le balayage de sa longue queue soyeuse trahissant son empressement. D'un signe de tête, Alex salua Alaina qui buvait une tasse de café attablée au comptoir.

— Débarrasse-moi vite de cette grosse peluche ! cria-t-elle, feignant la colère. Je ne veux pas de poils dans mon assiette !

Sans rancune, Buck posa la tête sur ses genoux et frotta son museau dans sa main. Elle frotta affectueusement le setter derrière les oreilles souples, il en gémit de plaisir.

Alex se mit à rire et ouvrit la porte. Buck releva la tête et s'élança pour passer devant lui. Au pied de l'escalier, le chien attendit en trépignant d'impatience qu'Alex déverrouille la lourde porte extérieure.

— Quel comédien ! À te voir, on croirait que tu ne sors jamais !

En cette mi-octobre, l'air matinal était frais, avec un avant-goût d'hiver, mais Alex savait qu'il remonterait ses manches dès qu'il commencerait à transpirer. Il commença lentement, Buck galopant à ses côtés, jusqu'à ce que le quartier des affaires de Freeland – aussi modeste soit-il – soit derrière lui. Quand les maisons se firent rares, il accéléra le pas et trouva son rythme, heureux de sentir le vent lui souffler au visage et le réveiller pleinement.

Il avait toujours aimé courir, c'était sa façon favorite de se libérer la tête, surtout quand il était stressé. Durant ses années de football, il avait assisté à suffisamment de conférences sur la physiologie du sport pour savoir que les endorphines n'étaient pas seulement des analgésiques, mais aussi une drogue euphorisante qui donnait bon moral. En écoutant le martèlement régulier de ses pieds sur le macadam des rues désertes, il oubliait toute pensée préoccupante et se concentrait sur sa respiration et le jeu de ses muscles.

Ce fut efficace pendant les premiers kilomètres, puis les sentiments que le retour de Ricky avait réveillés en lui refusèrent de rester enfouis plus longtemps. Courir le distrayait un moment, sans pour autant résoudre ses problèmes ou même les faire disparaître, il en était conscient. Une seule solution lui restait : y faire face.

Il s'arrêta au carrefour qui marquait sa mi-trajet et attendit que sa respiration se calme. Réchauffé par le soleil et son effort physique, il releva les manches de son tee-shirt. Buck, qui s'était éloigné pour répondre à l'appel de la nature, revenait sur la route. Soudain, il marqua l'arrêt, la tête devant lui, les oreilles pointées.

Un sourd grondement troubla le silence matinal bien avant qu'un point noir apparaisse à l'horizon, grossissant vite. La moto noire s'arrêta devant Alex et Buck, le chauffeur retira son casque. Alex n'eut pas le temps d'ouvrir la bouche, car Buck se jetait en avant en aboyant joyeusement. Alex le retint par son collier pour l'empêcher de renverser la moto. Se souvenait-il de Ricky Lee ? se demanda-t-il.

— Excuse-moi.

— Tu as toujours Buckaroo Bonzaï [4] ?

Ricky Lee descendit de sa moto et s'accroupit sur le bas-côté de la route. Sans cacher son plaisir, Buck lui lécha le visage. Ricky Lee tenta vainement de calmer son enthousiasme en l'entourant d'un bras, sa main libre caressant la fourrure soyeuse.

— Salut, mec. Oui, je me souviens de toi. Oui, ça fait un bail.

---

4 D'après le film américain *Les Aventures de Buckaroo Banzaï à travers la 8e dimension*, sorti en 1984.

Pour se redresser, il dut lutter avec le setter extatique. Il ne portait pas son blouson aujourd'hui, juste un tee-shirt noir qui moulait sa large poitrine, un jean décoloré par l'usage et des bottes de motard éculées.

Alex en eut la gorge sèche.

— Tu t'en vas ? demanda-t-il.

D'une main distraite, Ricky Lee frottait la tête du chien dont les gémissements réclamaient une attention plus soutenue. Alex se sentait une grande empathie avec Buck.

— Non, je te cherchais. Ta sœur m'a indiqué ton parcours préféré

— Tu as vu Alaina ?

C'était une question stupide, mais à l'heure actuelle, Alex se sentait presque aussi incohérent que Buck.

— Je suis passé lui dire bonjour, ça m'a semblé la moindre des choses. J'ai appris la mort de vos parents, enchaîna Rocky Lee d'une voix plus basse. Je suis désolé. Ils étaient très gentils, les perdre a dû être difficile pour vous deux.

— Oui. Merci.

Il trouvait hypocrite d'offrir des condoléances pour le décès du vieux Jennings, sachant de première main que le défunt avait fort mal traité son fils, mais la bonne éducation qu'il avait reçue de sa mère ne lui permit pas de se taire.

— Ton père aussi est décédé… commença-t-il.

— Pas trop tôt !

Un éclair flamba dans les yeux sombres, indiquant clairement que Ricky Lee n'avait ni oublié ni pardonné. Sa morosité disparut quand Buck, mécontent d'être ignoré, se redressa sur ses pattes arrière pour s'appuyer contre lui.

Il reprit :

— J'allais te proposer de retourner en ville avec moi et de prendre le petit-déjeuner en ma compagnie, mais j'ignorais que tu serais avec ton chien.

Alex tressaillit en se voyant monter sur ce monstre noir derrière Ricky Lee, les bras autour de cette poitrine que ses paumes le démangeaient de toucher, le corps de Ricky Lee entre ses cuisses… il commença à bander. Il espéra que le boxer de sport qu'il portait sous son short soit assez serré pour dissimuler son érection. Il s'accrocha au collier de Buck et écarta son chien du champ magnétique de Ricky Lee, y échappant par la même occasion.

— Merci, mais je… je suis attendu ailleurs.

Un bref moment, il envisagea de demander à Ricky Lee de se joindre à lui et Sam, mais à la réflexion, il préféra ne pas s'exposer à l'interrogatoire serré auquel elle n'hésiterait certainement pas à les soumettre. Il n'était pas encore prêt.

Il lui sembla que Ricky Lee était déçu, mais peut-être prenait-il ses désirs pour des réalités. Et même si c'était le cas, cette expression disparut très vite.

Ricky Lee afficha un grand sourire.

— Très bien, j'attendrai donc samedi soir. De toute façon, j'ai à faire cette semaine.

Sans doute pour se faire pardonner d'avoir décliné l'invitation, Alex s'entendit dire :

— Dans la journée de samedi, je participe bénévolement à un projet paroissial : bâtir une maison. Si ça te dit d'y venir, tu peux passer vers neuf heures à la quincaillerie. En revenant, nous ferons un brin de toilette avant d'aller dîner.

Ricky Lee enjamba sa moto et fit gronder son moteur.

— Tu soutiens toujours le paria, hein, Alex ? Bien sûr, je viendrai vous donner un coup de main. À samedi.

La moto s'éloigna dans un rugissement. Buck courut derrière en aboyant avec enthousiasme, avant d'abandonner la poursuite pour revenir vers Alex. Il battait la queue si fort que tout son arrière-train suivait le mouvement.

— Toi aussi, tu es heureux de le revoir on dirait. Hé, nous sommes au moins deux.

Après avoir tapoté la tête de son chien, Alex revint sur ses pas.

— **VOILÀ** le procès-verbal de la réunion du mois dernier, annonça Alex. Auriez-vous des commentaires ou des corrections à apporter ?

Secrétaire du conseil d'administration de la Bibliothèque publique de Freeland, il était chargé de rédiger les procès-verbaux d'une séance sur l'autre et de les présenter aux réunions mensuelles du conseil.

Personne ne pipant mot, Laura Lou Gardner, la bibliothécaire principale – et la seule salariée, car ses assistantes étaient bénévoles – qui présidait le conseil d'administration trancha :

— Je mets donc ce compte-rendu au vote à main levée. Je l'approuve.

— Moi aussi, déclara Jennifer Stockton, une des bénévoles.

Les quatre membres du conseil levèrent la main. Le rituel pouvait paraître un peu lourd, mais Laura Lou tenait beaucoup à suivre le règlement à la lettre.

— Approuvé à l'unanimité déclara-t-elle. Bien, le prochain point à l'ordre du jour concerne les comptes du mois. Andrew, voulez-vous nous en donner le détail, je vous prie ?

Andy Dorman, trésorier du conseil et directeur de Freeland Hill, s'éclaircit la voix.

— Je vous ai distribué un relevé de nos comptes. En le consultant, vous verrez qu'à part quelques amendes pour les retardataires, le gros de nos rentrées vient de la vente de livres d'occasion et des lavages de voitures de l'association *les Amis de la Bibliothèque*. Quant aux dépenses, elles concernent essentiellement la réparation de la fuite du toit de la section enfants et le remplacement de la moquette endommagée par le dégât des eaux.

— Une chance que l'eau ne soit pas tombée sur les rayonnages en abimant les livres, marmonna Jennifer. Ce sera peut-être différent la prochaine fois. Il nous faut remplacer ce toit.

— Nous n'en avons pas les moyens déclara Andy. Pas avant le prochain trimestre, quand nous encaisserons la quote-part des cotisations. À condition que la bibliothèque n'ait pas fermé ses portes à ce moment-là.

Laura Lou fronça les sourcils

— Bien, notons donc que le sujet reste en suspens. Des questions ou des corrections à apporter ?

Il n'y en eut pas et le rapport financier fut rapidement approuvé. Ensuite, Jennifer exposa brièvement les projets de l'association *les Amis de la Bibliothèque* qui comptaient organiser une vente de gâteaux avant Halloween et une foire artisanale le week-end après Thanksgiving. L'ordre du jour une fois traité, Laura Lou aborda enfin le vrai problème qui pesait sur leur avenir et qu'ils avaient tous soigneusement évité jusqu'alors.

— Comme vous le savez tous, grommela Laura Lou renfrognée, Odell Tillman s'est présenté le mois dernier devant le conseil municipal en offrant d'acheter le terrain sur lequel est située la bibliothèque. Il n'a pas caché que si son offre est acceptée, il détruira la bibliothèque pour étendre son activité, *Tillman Motors*. Une réunion extraordinaire du conseil aura lieu mercredi prochain pour consulter le public concernant la proposition. Je sais que chacun d'entre vous a demandé à ses amis et à sa famille de se présenter pour voter contre ce projet, mais nous devons néanmoins envisager des solutions si nous sommes blackboulés.

Son visage tendu trahissait sa peur que rien ne puisse empêcher cette vente.

Andy fut le premier à parler :

— Comme vous l'avez constaté au cours de la dernière année, nos entrées, même en comptant les aides que nous recevons de l'État, suffisent à peine à faire tourner la bibliothèque. Nous n'avons pas de quoi couvrir des dépenses inattendues, comme la réfection du toit, et encore moins d'étendre nos services. Les aides fédérales sont en général affectées à un but spécifique, comme installer et maintenir le réseau informatique. Et elles risquent d'être réduites, sinon purement et simplement supprimées. Ce bâtiment date des années 1920 et l'ancienneté a hélas un coût d'entretien important, poursuivit le trésorier. Malheureusement, il ne vient pas de Carnegie [5] ou d'une

5 Andrew Carnegie, (1835/1919), richissime industriel et philanthrope écossais naturalisé américain, qui a créé aux États-Unis plus de 2 500 bibliothèques publiques à nom, mais aussi des institutions culturelles, des musées, des églises et des parcs publics.

autre célébrité, ce qui lui donnerait un statut historique à préserver. Il est juste vieux et vétuste.

Alex secoua la tête. Même si la bibliothèque n'avait rien d'une relique architecturale, elle occupait une place particulière dans son cœur. Et apparemment, les autres membres du conseil n'étaient pas les seuls à éprouver les mêmes sentiments que lui.

Il sortit les notes qu'il avait prises ces dernières semaines, depuis qu'Odell avait lâché sa bombe au conseil municipal.

— J'ai examiné les options, annonça-t-il. Le bâtiment actuel est payé, certes, mais nos coûts de fonctionnement pourraient être réduits si la bibliothèque était transférée. Malheureusement, je ne vois pas d'autre endroit disponible en ville. Nous pourrions opter pour un entrepôt ou une maison abandonnée, mais les travaux de rénovation dépasseraient notre budget, sans compter le loyer ou une hypothèque à ajouter à nos dépenses habituelles d'exploitation.

— Le pire des scénarios serait la fermeture de la bibliothèque, annonça Laura Lou, lugubre.

Alex savait que le chagrin qu'elle ne cachait pas ne concernait pas la perte de son emploi.

— Si cela devait arriver, enchaîna-t-elle, nous donnerions autant de livres que possible aux écoles primaires et secondaires de Freeland, malheureusement, je ne vois pas ce que nous pourrions faire de notre sélection adulte. Nous pourrions tenter de les vendre, mais comment ensuite les remplacer si nous devons nous installer ailleurs ? Cela nous condamnerait d'avance.

Effectivement, une fermeture de la bibliothèque serait définitive. Aussi Alex se promit-il de tout faire pour éviter ça.

Chapitre huit

LA réunion se termina peu après, mais Alex ne se sentait pas de rentrer chez lui. Après avoir souhaité une bonne nuit à Laura Lou, Jennifer et Andy, il abandonna la petite salle encombrée où s'était tenue la réunion et contourna le comptoir d'accueil pour accéder à la bibliothèque en elle-même. Sandy Neill, l'autre bibliothécaire bénévole, lui sourit avant de se remettre à vérifier une pile de livres devant elle.

Pour un lundi soir, il y avait du monde, constata Alex avec plaisir. Plusieurs groupes d'élèves étaient rassemblés dans la section leur étant réservée, les étagères jadis remplies de gros volumes encyclopédiques avaient disparu, remplacées par des postes informatiques. De l'autre côté de l'allée centrale se trouvait le « coin médias ». Une dame âgée, écouteurs aux oreilles, semblait perdue dans la musique. D'autres personnes parcouraient les étagères à la recherche de magazines et de DVD, ou même de cassettes VHS dont quelques-unes restaient dans les rayons. Un peu plus loin étaient rangés les jeux vidéo et les logiciels.

Prenant l'escalier, Alex monta à l'étage où se trouvait la majeure partie des livres, fictions et autres. L'endroit était plus calme. Au centre se trouvait l'open space destiné aux des enfants – et qui avait subi un récent dégât des eaux. Aussi tard en soirée, il était désert. Alex inspira profondément, apaisé par le parfum indescriptible et pourtant reconnaissable des milliers de livres qui l'entouraient. Il espéra que les autres membres de la bibliothèque et lui réussiraient à démontrer au conseil municipal combien il était vital de garder ces ressources à la disposition de leurs concitoyens.

Il fut attiré par les romans à sa gauche, chaque section marquée d'un panonceau tentateur présentant les nouveautés ou les coups de cœur. Intrigué par la couverture d'un récent thriller, il en lut le résumé, puis s'aventura plus loin, au hasard, vers les romans de science-fiction ou de fantasy aux reliures bien usées. En contournant une étagère, il perdit de vue les lecteurs attablés un peu plus loin, ou confortablement installés dans les fauteuils club mis à leur disposition. Il s'approcha d'une rangée d'étagères, tout au fond de la bibliothèque, contre le mur du fond. Tout en sachant qu'il n'y avait personne à proximité, il regarda d'un côté et de l'autre avant de glisser derrière la dernière des étagères qui cachait un oriel, une avancée en encorbellement donnant sur la pelouse derrière le bâtiment.

Alex avait découvert cette alcôve secrète à l'école primaire et depuis lors, elle était son sanctuaire. Il avait été un petit garçon introspectif et secret, qui préférait lire dans un coin que jouer dehors avec des camarades ou sa sœur. À l'époque, leurs six ans de différence d'âge paraissaient infranchissables et les deux enfants avaient peu en commun. Tout avait changé au fil des années, bien entendu. Pour contrer son goût de la solitude, son père l'avait poussé à s'inscrire dans des sports d'équipe. Alex ne s'intéressait pas particulièrement au football, mais à douze ou treize ans, au septième grade, l'entraîneur de Freeland Hill l'avait remarqué au cours d'un match inter-école et illico nommé au poste de *running back* [6]. Le défi avait transporté Alex : quel ado timide n'apprécierait pas l'adulation de la foule chaque fois qu'il bloquait un *tackle* [7] pour marquer un *touchdown* [8] ? Et ça rendait son père tellement fier de lui ! Alex regrettait juste l'attitude agressive et macho de certains de ses coéquipiers, aussi les fréquentait-il le moins possible en dehors du terrain.

Il comprit vite qu'il devait garder secret son goût pour la lecture, et surtout le thème de ses romans de prédilection. Dans sa première année dans l'équipe, il s'était fait surprendre plongé dans *Le Lion, la Sorcière blanche et l'Armoire magique* [9] – un « livre de fille » – et avait été raillé. En vérité, il soupçonnait certains de ses camarades, Odell en particulier, de trouver aberrant qu'on puisse apprécier une activité aussi peu « virile ».

6 Au football américain, un « arrière courant » est un joueur offensif souvent amené à porter le ballon.

7 Au football américain, un *offensive tackle*, (« bloqueur ») est un joueur offensif particulièrement mobile, mais qui ne touche qu'exceptionnellement le ballon.

8 L'équivalent d'un but au football américain.

9 Roman fantastique pour la jeunesse de Clive Staples Lewis, publié en 1950, de la série *Le Monde de Narnia*.

Par la suite, pour éviter les conflits, Alex s'était tapi dans son oriel quand il désirait lire tranquillement.

Un soir en milieu d'année freshman [10], après avoir bâclé son devoir d'algèbre pour savourer plus vite le nouvel opus de China Miéville [11], Alex avait eu la mauvaise surprise de trouver « son » alcôve déjà occupée par un garçon très brun, long et maigre, qui paraissait aussi sidéré que lui.

Se relevant d'un bond, l'intrus avait laissé tomber le livre qu'il lisait. Alex s'était penché pour le ramasser.

— *Le retour du roi* [12] ? avait-il déclaré avec un sourire. Je suis impressionné. La plupart des gens pensent qu'avoir vu le film les dispense de lire.

Le garçon avait récupéré son livre et l'avait serré contre sa poitrine.

— Je n'ai pas vu le film. Et ne me raconte pas ce qui va se passer. Je préfère avoir la surprise.

Alex avait fait le geste de s'attacher les lèvres.

— Je ne dirai pas un mot.

Regardant l'inconnu de plus près, il avait plissé les yeux :

— Je crois que nous sommes dans le même cours de mathématiques. Tu t'appelles Ricky…

— Ricky Lee Jennings.

— Je suis Alex Morrison. Ça t'embête si je lis avec toi ?

10 Neuvième grade et première année d'école secondaire, avec des élèves de 14-15 ans.

11 Auteur anglais né en 1972 de science-fiction, d'horreur ou de fantastique.

12 Troisième et dernière partie du roman Le Seigneur des anneaux de l'écrivain britannique J. R. R. Tolkien, paru aux États-Unis en 1956.

Ricky Lee avait haussé les épaules, aussi Alex avait-il laissé tomber son sac à dos et s'était-il assis sur le sol, les jambes croisées.

— J'ai cru ne jamais m'en sortir avec ces équations ! s'était-il exclamé.

Ricky Lee s'était également rassis.

— Sérieusement ? C'est pourtant facile.

Alex avait fait la grimace

— Pour toi, peut-être, mais moi, je n'y comprends rien. Je mélange tous les symboles et les formules. Si je redouble, ce serait la cata : je ne pourrai pas rester dans l'équipe de foot !

Ricky Lee avait repoussé de son front la masse de ses cheveux noirs.

— Si tu veux, je peux t'aider.

Leur amitié avait démarré ce soir-là. Grâce à Ricky Lee, Alex avait évité les cours de rattrapage auxquels le coach Tyler condamnait ses joueurs ayant de mauvaises notes. Odell, qui n'était pas plus doué qu'Alex en mathématiques, n'y avait pas coupé et s'était plaint à qui voulait l'entendre des heures insupportables qu'il devait endurer deux fois par semaine pour rattraper son retard. Il était parvenu à passer dans la classe supérieure et à rester dans l'équipe, mais il avait eu sa revanche en dernière année, le soir où il avait suivi Alex jusqu'à sa cachette et était tombé sur Ricky Lee qui l'accueillait d'un baiser…

Au-dessus de la tête d'Alex, les lampes clignotèrent, annonçant que la bibliothèque fermait dans un quart d'heure. S'arrachant à ses réminiscences, Alex posa le doigt sur sa bouche, comme pour y chercher le souvenir des lèvres de Ricky Lee effleurant les siennes. Il secoua la tête, quitta l'oriel, retraversa la bibliothèque et redescendit au rez-de-chaussée.

DEUX jours plus tard, mercredi soir, Donald Findlay, maire de Freeland et président du conseil municipal, abattit son marteau pour faire taire les excités qui bavardaient dans la plus grande des salles de la mairie.

— Je déclare ouverte la réunion extraordinaire du conseil municipal de Freeland ! annonça-t-il.

La foule, momentanément matée, se précipita pour s'asseoir. Pour faire bonne mesure, Findlay usa de son marteau une fois de plus.

— Merci, reprit-il. Nous sommes réunis ici ce soir pour discuter d'une offre d'achat concernant le terrain situé sur l'avenue South Wichita où se trouve actuellement la Bibliothèque publique de Freeland.

En regardant autour de lui, Alex fut agréablement surpris de voir que la population s'était déplacée en masse, même si toutes les personnes présentes n'avaient certainement pas l'intention de s'exprimer. Presque toutes les chaises pliantes installées devant les cinq membres du conseil étaient occupées. Il reconnut dans la foule bon nombre de fidèles lecteurs de la bibliothèque, mais aussi des enseignants et les directeurs des écoles locales, qui seraient certainement en faveur du maintien de la bibliothèque.

— Pour commencer, enchaîna le maire, je vais donner la parole à notre acheteur potentiel, M. Odell Tillman.

Odell se leva et s'approcha du microphone que lui tendait Findlay. Grand et massif, il se déplaçait avec l'assurance d'un homme né dans une des familles les plus prospères de Freeland depuis des générations. Il remua le micro jusqu'à trouver une position satisfaisante.

— La plupart d'entre vous me connaissent, déclara-t-il. Depuis plus de cinquante ans, *Tillman Motors* est l'une des plus importantes entreprises de Freeland et je pense vous avoir à presque tous vendu au moins une voiture.

— Seulement parce que sinon, il faut aller jusqu'à Lawton, lança une voix.

La remarque provoqua des gloussements, aussi le maire Findlay utilisa-t-il son marteau pour rappeler le public à l'ordre.

Odell enchaîna :

— Le terrain en question est juste à côté de *Tillman Motors*. Cette acquisition nous permettra d'agrandir notre parking pour y garer des centaines de voitures supplémentaires. Vous aurez plus de choix et la ville touchera davantage de taxes !

— Et Odell Tillman aura plus de revenus, murmura Jennifer, assise à côté d'Alex.

— Je sais bien qu'il faudra détruire le bâtiment de la bibliothèque, mais il est en ruines ! s'exclama Odell. Les bénéfices pour la communauté l'emporteront beaucoup sur la perte d'un immeuble dont très peu profitent.

Une nuée de protestation lui répondit, obligeant le maire Findlay à intervenir.

— Laissez parler M. Tillman ! tonna-t-il. Les opposants auront ensuite la parole pour exprimer leurs raisons.

Andy Dorman fronça les sourcils.

— À l'entendre, je dirais qu'il a déjà pris parti pour Odell Tillman.

Alex secoua la tête. Il espérait que le maire aurait l'esprit assez ouvert pour écouter les arguments contre la vente, mais tout le monde savait qu'il jouait au golf avec Odell, ce qui pouvait remettre en question son objectivité. Peut-être faudrait-il compter sur les autres membres du conseil pour tenir compte de leurs objections ?

Odell concluait son discours :

— Je n'ai pas l'habitude de parler pour ne rien dire, aussi vais-je rester bref. Approuver cette vente et permettre à *Tillman Motors* de s'étendre est ce qu'il y a de mieux pour Freeland et ses habitants. Voilà !

Avec un sourire jovial, il retourna à sa place. Un groupe d'hommes l'entoura aussitôt avec des bourrades dans le dos ou sur les épaules. Sa femme, Brittany, lui prit la main avec un sourire de fierté. C'était la troisième Mme Tillman, si Alex ne se trompait pas. D'ailleurs, une plaisanterie courait à Freeland comme quoi Odell considérait qu'une épouse se changeait aussi souvent qu'une voiture.

— Merci, M. Tillman, déclara le maire. J'aimerais maintenant laisser la parole à ceux qui approuvent cette vente.

Un des hommes assis près d'Odell se leva. Alex ne fut pas surpris de reconnaître JC Haynes : il travaillait comme mécanicien chez *Tillman Motors*.

— Je suis pour la proposition d'Odell, déclara-t-il. Freeland a besoin de nouveaux emplois et combien la bibliothèque a d'employés, hein ? Une seule, la vieille Mme Gardner, et ce depuis toujours. Odell, lui, il va embaucher des vendeurs et des mécaniciens. C'est plus important que les vieux livres, je trouve.

Il y eut plusieurs hochements approbateurs dans la salle.

Un autre des partisans d'Odell prit à son tour le micro.

— Vous savez tous que le bâtiment de la bibliothèque s'écroule un peu plus chaque année. La grande tempête de cet été a arraché la moitié du toit. Combien de temps allons-nous devoir jeter de l'argent pour des réparations qui n'en finiront jamais ?

Encore une fois, plusieurs personnes marquèrent leur approbation.

— D'autres commentaires en faveur de la vente ? demanda Findlay.

Une femme qu'Alex ne reconnut pas s'avança.

— Je ne veux pas que mes taxes servent à payer des livres indécents ! La dernière fois que j'ai conduit ma fille à la bibliothèque, je suis tombée sur un livre dont le titre était explicite : *Two Boys Kissing* [13] ! Si vous voulez mon avis, on devrait fermer une bibliothèque qui met des horreurs pareilles dans les mains d'adolescents impressionnables.

— Elle exagère, chuchota Jennifer. Nous n'avons que quelques livres LGBT, et encore, on nous les a donnés.

L'inconnue retourna à sa place dans un silence relatif.

— Si plus personne ne veut s'exprimer en faveur de la proposition, déclara le maire, je donne maintenant la parole à ses opposants.

Andy s'approcha du micro, ses notes à la main.

— M. Tillman et ses partisans ont affirmé que la plupart ne nos concitoyens ne profitent pas de la bibliothèque, c'est faux. Bien au contraire, une récente enquête au niveau national démontre que soixante-cinq pour cent des ménages affirment s'être rendus dans une bibliothèque au cours de la dernière année.

13 « *Deux garçons qui s'embrassent* » roman de David Levithan paru en 2014. (Non traduit en VF)

Dans une petite ville comme Freeland, le chiffre est encore supérieur. J'ai aussi entendu l'argument que la bibliothèque ne générait pas de nouveaux emplois. Sur le papier, c'est exact, mais combien de chercheurs d'emploi viennent utiliser les ressources de la bibliothèque ? Nous offrons l'usage de nos ordinateurs et un accès gratuit à Internet, ce qui permet de consulter les offres en ligne, de préparer un CV, de soumettre sa candidature et de communiquer avec de potentiels employeurs. La bibliothèque offre aussi des cours gratuits de formation à l'informatique et aux logiciels les plus courants, des compétences technologiques que tous les employeurs recherchent de nos jours.

Quand il se tut, Jennifer prit le relais.

— Plus de la moitié des habitants de Freeland n'ont pas d'accès Internet haute vitesse, en particulier chez les plus démunis. La bibliothèque leur offre cet accès à des fins éducatives et de divertissement. Nous travaillons également à augmenter notre inventaire numérique afin de permettre aux lecteurs de télécharger des livres sur leurs tablettes, smartphones et autres supports.

Quand ce fut à son tour de parler, Alex déclara :

— La bibliothèque travaille en partenariat avec les groupes scolaires pour offrir des programmes de lecture préscolaire, aussi bien après l'école et que durant l'été. Les enfants ont accès à un large éventail de romans en tout genre. Priver les écoles de ces ressources accroîtrait leur charge de travail.

Plusieurs autres personnes s'exprimèrent pour soutenir la bibliothèque, mais en fin de réunion, Alex n'était pas certain que les arguments présentés seraient suffisants. Le virtuel pesait peu devant le Roi dollar et une vérité demeurait incontournable : la bibliothèque coûtait de l'argent aux contribuables et la situation ne risquait pas de s'améliorer, bien au contraire.

Le maire Findlay remercia le public de sa participation et clôtura le conseil.

Odell se leva alors et traversa la salle. En passant devant Alex, il lança :

— Hé, Morrison. J'ai vu ton copain pédé en ville avec une autre tarlouze. La leçon de la dernière fois ne lui a pas suffi, à ce qu'on dirait !

Le soir de la fête à Freeland Hill, Odell avait évité Ricky Lee, au grand soulagement d'Alex. Apparemment, la trêve avait pris fin.

— Dis-moi, tu ne crois pas que tes partisans pourraient changer d'avis s'ils t'entendaient parler comme ça ?

Odell éclata de rire :

— Sûrement pas ! Ils pensent tous comme moi.

Sur ce, il rejoignit le maire et lui serra la main.

Consterné, Alex réalisa qu'Odell avait sans doute dit vrai.

Chapitre neuf

— **ALORS,** que penses-tu de ce conseil ? demanda Sam à Alex le lendemain pendant leur traditionnel petit-déjeuner ensemble. Comment ça va finir à ton avis ? Ils coucheront avec Odell ou pas ?

De sa fourchette, Alex jouait avec ses haricots rouges et ses œufs brouillés. Il soupira avant de répondre :

— Merci de m'avoir collé cette atroce vision mentale pour commencer la journée ! Je ne sais pas trop, Sam. Nos arguments sont valides, il me semble, mais Odell et ses partisans les ont pris par le porte-monnaie en leur parlant de diminuer les taxes et d'augmenter les revenus. Sans compter les nouveaux emplois que l'opération générerait. C'est difficile à contrer.

— Oui, mais ça ne vaut pas le sacrifice d'une bibliothèque qui apporte à la ville des services inestimables !

— Tu prêches un convaincu, Sam, mais merci quand même. Je sais que tu serais venue nous soutenir si tu n'avais pas été d'astreinte.

— Crois-moi, j'aurais préféré ça que gérer ce fichu accident ! Il n'y a eu qu'une seule voiture impliquée, mais par pur coup de chance.

Elle parlait très calmement, mais Alex la connaissait assez pour lire l'émotion dans ses yeux.

— Des morts ?

— Pas encore, mais je ne crois pas que le conducteur s'en tirera. Nous avons reçu deux appels distincts pour signaler un pick-up qui zigzaguait à toute allure sur I-70. Apparemment, il a traversé plusieurs fois la ligne centrale. Il a fini par heurter le pylône du pont avant de s'encastrer dans un autre véhicule. Il roulait sans ceinture, bien sûr, il était en mauvais état quand nous sommes arrivés sur les lieux.

— Était-il ivre ? Sortait-il d'un des casinos ?

Plusieurs casinos du comté étaient gérés par la nation comanche. Ils ne servaient pas plus d'alcool à leurs clients que n'importe quel autre bar ou restaurant, bien entendu, mais l'I-70 était le plus rapide chemin pour s'y rendre.

— Je n'en sais rien, répondit Sam. J'ai lancé les analyses toxicologiques habituelles. À vue de nez, cet accident me paraît lié à la drogue plus qu'à l'alcool. Nous avons une recrudescence de cas dans la région. Si un nouveau revendeur sévit par ici, la situation risque de se dégrader très vite.

Elle secoua la tête et leva la main pour réclamer à Birgit du café.

— Pour en revenir à des sujets plus gais, annonça-t-elle avec un clin d'œil, Ricky Lee et son ami sont toujours en ville. As-tu des infos, Alex ?

— Non, je ne les ai pas revus depuis la fête... ah, si, reprit-il avec un sourire, tout ému que Ricky Lee se soit donné la peine de venir le chercher ce matin-là, je l'ai croisé lundi pendant que je courais. Il m'a dit avoir à faire en ville cette semaine. Et nous dînons ensemble samedi soir pour faire le point.

Sam agita les sourcils.

— Faire le point ? Hé, hé, c'est comme ça qu'on dit de nos jours ?

D'un coup d'œil rapide, Alex vérifia que nul n'avait surpris cette remarque compromettante. Non, Birgit était retournée au comptoir après avoir rempli leurs mugs.

— Allez, Sam ! protesta-t-il à mi-voix. Nous étions très amis il y a onze ans, mais nous avons perdu contact depuis qu'il est parti. J'aimerais savoir ce qu'il a fait pendant toutes ces années.

— Rien qui ait attiré l'attention des Forces de l'ordre, en tout cas, déclara-t-elle. J'ai vérifié de près, comme me l'a demandé le chef Cowart. Ricky Lee est clean depuis qu'il a quitté Freeland.

— J'en suis très heureux, même si ça ne me surprend pas. J'espère que Cowart va maintenant lui ficher la paix.

Sam lui jeta un regard attentif.

— N'y compte pas trop. Il en veut à Ricky Lee, même si je ne comprends pas pourquoi. Je me demande aussi ce que Ricky Lee peut avoir *à faire* ici vu qu'il n'est même pas revenu à la mort de son père. C'était pourtant le moment : il devait y avoir une succession à régler.

Les sourcils froncés, Alex évoqua dans quelle pauvreté vivait Ricky Lee à l'école secondaire.

— Je doute que le vieux Billy Joe Jennings ait laissé grand-chose. Il n'a jamais rien fait de ses dix doigts, tu le sais bien, même avant même le départ de Ricky Lee. Il touchait sa pension d'invalidité et la dépensait en cigarettes et en mauvais alcool.

— Justement, répondit-elle, je me demande d'où Ricky Lee tire ses revenus. Quel que soit ce travail, il lui permet de s'absenter plusieurs jours pour traverser le pays en moto. Sans compter que personne ne sait combien de temps il envisage de rester à Freeland.

Alex préféra ne pas s'attarder sur le fait que Ricky Lee s'en irait bientôt – il aurait bien le temps d'y penser plus tard.

— Peut-être avait-il juste des RTT à pendre ? En tout cas, je lui demanderai samedi soir dans quel domaine il travaille.

— Et moi, je vais continuer à chercher, au cas où tu sois trop occupé à *faire le point* pour penser aux questions importantes.

Alex soupira. Bon, il ne pouvait plus éviter le sujet.

— Écoute, Sam. Il ne va rester qu'une dizaine de jours, au mieux, avant de retourner à Portland, puisque c'est là-bas qu'il vit désormais. Dans ces conditions, il ne peut rien se passer entre nous. Je ne suis pas maso !

— Les gens nous prennent pour un couple, répondit-elle gentiment. Je sais que c'est faux, mais j'aimerais te voir heureux, Alex.

Il sourit, parfaitement conscient des rumeurs les concernant. Ils étaient sortis ensemble à l'école – le vrai cliché ! Le footballeur vedette et la cheerleader ! Une fois leur diplôme en poche, chacun s'en était allé de son côté sans en avoir le cœur brisé. En revenant à Freeland après l'infarctus de son père, Alex avait retrouvé Sam et tenté de renouer leur idylle, mais le feu de la passion s'était éteint. Ils étaient bien plus proches actuellement en étant amis qu'autrefois, en étant amants.

— Bon, c'est moi qui t'invite, déclara Alex.

Il sortit son portefeuille et en tira vingt dollars pour payer leur addition. Puis il maugréa :

— Je n'aurais jamais dû te confier avoir tenté quelques expériences homos à l'université. Et ça ne veut pas dire que je compte recommencer !

— Pas avec n'importe qui, je sais. Mais il s'agit de Ricky Lee... Il a toujours compté pour toi.

Comme à son habitude, Sam le décryptait sans difficulté.

— Justement ! Raison de plus pour ne courir aucun risque. Et si on parlait de toi, pour changer ? Quand comptes-tu pratiquer le *muay-thaï* avec Crae ?

Elle resta coite, les joues un peu rouges. Ce n'était pas souvent qu'Alex avait le dernier mot avec elle. Il préféra ne pas insister et savourer son succès.

SAMEDI matin, le ciel était clair et la chaleur ambiante annonçait l'été indien. Alex vidait la dernière goutte de son café quand un grondement motorisé annonça l'arrivée de la Harley de Ricky Lee.

Quand Buck tenta de le suivre dans l'escalier, Alex l'en empêcha.

— Non, tu ne viens pas aujourd'hui, déclara-t-il. Désolé, mais la dernière fois que je t'ai amené sur un chantier, tu t'es frotté à un mur fraîchement repeint et j'ai passé des heures à nettoyer ta fourrure.

Au bas de l'escalier, il ouvrit la porte et trouva Ricky Lee garé devant la maison, juste à côté du pick-up au logo « quincaillerie Morrison ».

— C'est une belle journée pour travailler dehors, fit remarquer Ricky Lee. Que veux-tu faire, Alex ? Tu montes derrière moi ou je te suis ?

Une fois encore, Alex s'enflamma tout entier en s'imaginant les bras autour de Ricky Lee, le vent sifflant à leurs oreilles, la moto vibrant sous leurs reins. Il secoua la tête, autant pour dissiper son fantasme que pour répondre à la question.

— Je dois prendre mon pick-up, déclara-t-il à regret. J'ai du matériel à emporter.

— Je vais t'aider à le charger, alors.

Ricky Lee descendit de sa moto. Alex l'admira subrepticement. Incroyable à quel point un simple tee-shirt et un jean noir, moulant un cul ferme, pouvaient être sexys ! La chaînette d'un portefeuille de motard sortait de la poche de Ricky Lee.

Alex ouvrit la porte latérale de la quincaillerie et pénétra à l'intérieur. Il avait déjà empilé sur un chariot les cartons d'enduit et les pistolets applicateurs.

— Prends ces cartons, s'il te plaît, lança-t-il à Ricky Lee qui l'avait suivi. Je vais chercher les échelles.

Il tenta de ne pas baver devant le jeu des muscles de Ricky Lee qui s'accroupissait pour ramasser une première pile, et se concentra plutôt sur la tâche qu'il s'était assignée. Il s'empara d'une échelle télescopique et l'emporta dans son pick-up.

Le chargement terminé, Alex passa la main dans ses cheveux, écartant de son front les mèches qui le gênaient.

— Soit tu me suis jusqu'au chantier, déclara-t-il, soit tu viens avec moi. Tu peux laisser ta moto ici en attendant.

Ricky Lee hésita un moment.

— Je préfère te suivre.

Alex tenta de cacher sa déception. Après tout, lui aussi aurait préféré être en moto s'il avait eu le choix ! Oh que oui ! Il n'y avait que dix minutes jusqu'à la maison que la communauté paroissiale bâtissait pour la famille Accosta. Alex survivrait sans doute ce laps de temps sans la présence de Ricky Lee. *Peut-être ne veut-il pas dépendre de moi pour rentrer s'il lui faut s'en aller plus tôt*, se dit-il.

Il entendait dans sa tête la voix d'Alaina lui disant : « *ne prends pas de décision hâtive* » Alex décida que le conseil était bon, aussi monta-t-il dans son pick-up et s'engagea-t-il dans la rue, avec Ricky Lee derrière lui.

Ce fut seulement en traversant les rails de l'Union Pacific qui coupaient la ville en deux qu'Alex comprit que la maison des Accosta était dans la rue voisine de celle où Ricky Lee avait grandi. Beaucoup des maisons étaient abandonnées, les entrepôts vides et vandalisés, mais certaines associations – comme la leur – tentaient par des rénovations de redonner vie au quartier.

À leur arrivée, ils trouvèrent le chantier animé et bruissant d'activité. Mme Accosta avait installé une table pliante où elle proposait aux volontaires du café et des *conchas* [14] maison. Sofia, sa fille de six ans, l'aidait au service. Le père et les deux garçons, Mateo, huit ans, et Tonio, dix ans, balayaient les planchers et époussetaient les moulures avant que les bénévoles se mettent au travail.

14 Brioches mexicaines en forme de coquillage.

Alex sortait une échelle de l'arrière de son pick-up quand on la lui prit des mains.

— Je vois que vous avez amené une nouvelle recrue, déclara le père John.

Il regardait Ricky Lee sortir les cartons du pick-up.

— Oui, c'est mon ami, Ricky Lee Jennings.

En entendant son nom, ce dernier s'approcha et Alex procéda aux présentations.

— Voici le père John Nally.

Aujourd'hui, il ne ressemblait pas particulièrement à un prêtre : il ne portait pas son habit clérical, mais un tee-shirt OU presque aussi élimé que celui d'Alex.

— Il est pasteur à l'église St Michael, enchaîna Alex, et la paroisse sponsorise la construction de cette maison.

Le père John échangea avec Ricky Lee une solide poigné de main.

— Sur le papier, peut-être, mais Alex est trop modeste : c'est lui qui nous fournit tout le matériel à prix coûtant, quand ce n'est pas gratuitement. Et il vient nous aider deux samedis par mois. Sans lui, nous n'en aurions pas fait la moitié.

Désireux de détourner l'attention de lui, Alex désigna à Ricky Lee la maison derrière eux, toute simple et de plain-pied.

— Nous avons pour objectif de la terminer avant la fin de l'année. Comme tu le vois, le gros œuvre est terminé, la plomberie aussi et les cloisons sont montées. Aujourd'hui, nous allons calfeutrer portes et fenêtres, et coller les moulures. Ensuite, nous pourrons commencer à peindre.

Le père John fixait Alex avec un sourire indulgent

— Il n'aime pas qu'on vante ses mérites, confia-t-il à Ricky Lee.

— Dans ce cas, il n'a pas changé depuis l'école, rétorqua ce dernier.

— Hé ! protesta Alex. Ne parlez pas de moi comme si j'étais invisible !

En s'entendant éclater de rire au nez, il secoua la tête avec résignation. Puis il ouvrit un carton, prit un des pistolets et appela les bénévoles pour leur expliquer comment se servir du matériel qu'il avait apporté.

— Dès que vous aurez compris comment charger et utiliser ces pistolets, nous pourrons commencer.

Trois heures plus tard, tout était terminé et les travailleurs mouraient de faim. Ils dévorèrent les *empanadas* préparés par Mme Accosta, qui semblait en avoir un stock inépuisable.

Le père John les aida à remettre les échelles dans le pick-up.

— Ricky Lee, déclara-t-il, revenez quand vous voulez.

— Si je suis encore en ville, je n'y manquerai pas. Maintenant, Alex et moi allons rentrer et faire un brin de toilette. Nous passons la soirée ensemble.

Chapitre dix

— **JE** peux passer à ton hôtel un peu plus tard, proposa Alex.

Il n'avait pas oublié que Ricky Lee avait préféré prendre sa moto que monter avec lui dans le pick-up : peut-être avait-il à faire ailleurs.

— Pour commencer, je passe chez toi, je t'aiderai à décharger.

Il remit à l'arrière les cartons avec les pistolets avant de remonter sur sa Harley. D'un signe de tête, il salua les bénévoles encore sur le site, puis démarra son puissant moteur dans un rugissement. Peu après, il disparaissait au bout de la rue.

Le père John l'avait regardé s'en aller.

— Votre ami est un homme intéressant, déclara-t-il. Il a du sang indien, si je ne m'abuse ?

— Oui, sa mère était comanche, mais je ne pense pas qu'il ait eu beaucoup de contact avec ce côté de sa famille. Son père n'était pas…

Alex ravala les mots amers qu'il avait sur le bout de la langue. Billy Joe Jennings racontait à qui voulait l'entendre qu'il refusait de voir son fils « fricoter » avec les Comanches.

Le père John secoua la tête.

— Vous avez raison, inutile de critiquer les défunts. Malgré tout, j'ai entendu parler de feu M. Jennings. Son fils semble s'en être bien sorti, il a du mérite, je trouve.

— Je doute que tout le monde en ville partage votre opinion.

Alex jeta la dernière cartouche vide dans la benne à ordures du site, puis il enchaîna :

— Bien, je vais y aller, je ne veux pas faire attendre Ricky Lee.

LA Harley était garée devant la quincaillerie quand Alex arriva, mais aucune trace de Ricky Lee. Il ouvrit la porte latérale pour transporter ses échelles.

Ricky Lee le rejoignit alors par l'arrière-boutique, venant du magasin.

— Alaina m'a chargé de te dire qu'elle avait besoin de sacs-poubelle pour tontes et feuilles mortes.

Alex hocha la tête.

— Oui, quand il fait beau, comme aujourd'hui, les gens se mettent volontiers au jardinage. Il y a toujours à faire avant l'hiver. Nous avons un stock de ces sacs, car nous proposons également des services d'entretien de jardin.

Tout en parlant, il sortit un carton d'une des étagères murales et le déposa près de la porte menant à la quincaillerie. Ensuite, il retourna dans la rue, Ricky Lee sur ses talons.

À deux, ils eurent vite fait de vider le pick-up. Alex vérifia que les échelles étaient bien sécurisées. Quand il se retourna, il trouva Ricky Lee appuyé contre le mur, les pouces dans les passants de sa ceinture. Alex eut du mal à empêcher son regard de se braquer sur les longs doigts souplement posés sur les cuisses.

— Où as-tu envie de dîner ce soir ? demanda Ricky Lee. Mon hôtel a un restaurant, mais il sert essentiellement des hamburgers et des sandwiches.

— Freeland n'est pas devenu la Mecque de la gastronomie depuis ton départ.

La tête penchée, Alex réfléchit un moment, avant de reprendre :

— Je ne vois pas grand-chose… sauf si tu veux prendre la 44 jusqu'à Lawton.

Ah, c'est malin, Morrison ! s'admonesta-t-il, à peine les mots sortis de sa bouche. *Avais-tu besoin de lui rappeler son départ forcé ?*

— Une autre fois peut-être, répondit Ricky Lee. Ce soir, je préfère ne pas m'éloigner.

Alex aurait pu jurer sa voix était devenue encore plus profonde. Il espérait que c'était dû à la fatigue d'avoir travaillé toute la journée sur le chantier, pas à cause de son lapsus. Au moins, Ricky Lee avait parlé d'une « autre fois ».

— Pourquoi pas la rue Wichita ou Main avenue ? Des petits restos familiaux qui ne paient pas de mine, mais où la nourriture est excellente. Je connais une bonne *taqueria* pas loin de ton hôtel, nous pourrions y aller à pied. Mais nous avons déjà mangé mexicain à midi… il a aussi une pizzeria sympa, même s'ils font surtout du « à emporter ».

— Des tacos, ça me va très bien. Rendez-vous dans le hall de l'hôtel vers dix-huit heures, d'accord ?

— Dix-huit heures trente, si ça ne te dérange pas. Ça me donnera le temps d'aider Alaina à fermer le magasin.

— Très bien.

Ôtant ses pouces de sa ceinture, Ricky Lee fit un pas en avant.

— Encore une chose.

Il se rapprocha encore, plaqua Alex contre les échelles qu'il venait de ranger et ajouta :

— J'en ai eu envie toute la journée.

Il baissa la tête, sa bouche effleurant celle d'Alex. Surpris, ce dernier eut un petit halètement. Ricky Lee le but à même ses lèvres et approfondit le baiser. Levant les mains, il empoigna les échelons de part et d'autre de la tête d'Alex, le maintenant en position. D'ailleurs, Alex ne cherchait absolument pas à se libérer. Au contraire, il s'accrocha aux hanches de Ricky Lee et ouvrit la bouche, s'offrant tout entier à un baiser qui ressemblait aussi peu à leur caresse innocente de onze ans plus tôt qu'un incendie de forêt à la flamme d'une bougie d'anniversaire.

— J'aime.

La voix de Ricky Lee était aussi sourde et sensuelle que le moteur de sa Harley. Il se lécha les lèvres avec un sourire avant de reculer.

— À dix-huit heures trente, alors, ajouta-t-il.

Alex resta tétanisé sur place jusqu'à ce qu'un rugissement motorisé annonce le départ de Ricky Lee. Il inspira un grand coup et ferma les yeux, cherchant à forcer son érection à se calmer avant de retourner dans la quincaillerie affronter sa sœur. Il commençait à comprendre pourquoi Ricky Lee préférait ne pas s'éloigner de son hôtel ce soir. Après avoir encore plusieurs fois respiré profondément, Alex ouvrit la porte des livraisons et récupéra le carton qu'Alaina avait réclamé. Par chance, le magasin était vide quand Alex regarnit l'étagère.

Puis sa sœur apparut derrière le comptoir et sourit.

— Tu en as mis du temps, Xan ! Dis-moi, n'as-tu pas les lèvres enflées ?

— Ne commence pas, grommela Alex.

Alaina leva un sourcil, mais sans insister.

— Je vais faire un rapide brin de toilette, reprit Alex. Je m'occuperai ensuite de la quincaillerie pour que tu fasses un break.

— Prends ton temps. Justin m'a apporté un sandwich à midi.

Justin Kinney, qui travaillait dans un magasin de pièces d'automobiles de la rue, venait souvent déjeuner avec eux pour flirter avec Alaina.

— Ce soir, enchaîna-t-elle, nous irons voir un film à Lawton. Je te préviens au cas où tu voudrais revenir avec Ricky Lee après votre dîner. Tu sais, pour discuter.

— Nous dînerons à *La Fiesta*, alors, si nous voulons *discuter*, ce sera plutôt à son hôtel.

En voyant sa sœur ricaner, Alex secoua la tête avec un sourire.

— Merci quand même de penser à moi ! lança-t-il.

— Hé, je suis dans ton camp, Xan.

À PEINE arrivé à l'étage, Alex alluma la douche. Il se débarrassa de son tee-shirt avec l'impression que l'odeur musquée de Ricky Lee imprégnait davantage le coton que la sienne. En évoquant Ricky Lee se pressant contre lui pendant leur baiser, son érection se ranima et son jean devint inconfortable à l'entrejambe. Il l'ôta rapidement et mit son linge sale dans le panier avant d'entrer dans la cabine de douche.

Pendant quelques minutes, il savoura la sensation de l'eau chaude qui s'écoulait sur lui, mais très vite, son esprit insista pour repasser en détail ce baiser incendiaire. Alex savait déjà comment la nuit finirait, aucun doute là-dessus. Ricky Lee le désirait et le fait qu'Alex bande en ce moment même prouvait que ce sentiment était partagé. Il prit son sexe rigide dans une main et serra. Il désirait Ricky Lee, bien sûr, et il le savait depuis son retour.

La question était plutôt de savoir s'il pouvait lui céder.

S'impliquer plus que physiquement serait une erreur colossale. Ricky Lee ne restait pas à Freeland. Alex aurait droit à quelques nuits, quelques semaines peut-être, mais un jour ou l'autre, son amant repartirait vers l'ouest et lui devrait faire face aux conséquences de ses actes. Si tous deux restaient discrets, peut-être Alex échapperait-il aux ragots, mais dans tous les cas, c'était le moindre mal. Pourrait-il faire l'amour avec Ricky Lee sans risquer son cœur ? Supporterait-il de le perdre une fois de plus ?

Mais l'autre option était-elle meilleure ? Alex avait passé des années à se demander ce qui aurait pu se passer après ce premier baiser interrompu. S'il ne profitait pas de cette seconde chance, regretterait-il le reste de sa vie de ne pas avoir eu le courage de satisfaire son désir ?

Je préfère regretter ce que j'ai fait plutôt que ce que je n'ai pas fait, pensa-t-il. En imaginant ce qu'il pourrait faire avec Ricky Lee, son sexe devint douloureux, mais Alex ne se masturba pas. Il préférerait de beaucoup vivre cette expérience avec Ricky Lee. Sa décision prise, il termina rapidement de se laver.

Il serait avec Ricky Lee aussi souvent et aussi longtemps que possible, tant qu'il en aurait l'opportunité.

À **DIX-HUIT** heures, Alaina et Alex fermèrent boutique. Alex ôta son polo au logo « Quincaillerie Morrison » et enfila un tee-shirt noir à manches longues. Il sauta en voiture et ne mit pas longtemps à se rendre à l'hôtel de Ricky Lee.

Ce dernier l'attendait dans le hall. Lui aussi s'était changé, il portait une chemise noire dont il avait roulé les manches pour dénuder ses poignets. Ses longs cheveux noirs n'étaient pas, comme à l'accoutumée attachés en queue de cheval. Ils lui tombaient librement jusqu'au milieu du dos.

En le voyant, Alex en eut l'eau à la bouche.

Ils sortirent ensemble de l'hôtel, ayant décidé de se rendre à pied au restaurant.

— Alors, demanda Ricky Lee, l'après-midi a-t-il été bien occupé ?

— Oui, comme tous les samedis. Tant mieux, le temps est passé plus vite.

Ricky Lee sourit.

— Je suis content de ne pas avoir été le seul à trouver le temps long.

En ouvrant la porte du restaurant, ils furent accueillis par de délicieux arômes. La salle à manger était petite, une douzaine de tables à peine, et presque toutes étaient occupées. Le propriétaire accueillit chaleureusement Alex et les installa dans un spacieux box d'angle. Le menu était des plus classiques – *tacos, quésadillas, enchiladas* et *burritos* –, mais avec un grand choix de viande et de sauces.

Ricky Lee demanda à Alex son avis.

— La *carne asada* et les *carnitas* sont mes plats favoris, répondit Alex.

— Ça me va. Prenons un de chaque, nous partagerons.

Le señor Iñiguez vint prendre la commande.

— Veux-tu une bière, Ricky Lee ? demanda Alex.

L'espace d'un instant, l'expression de Ricky Lee se durcit.

— Non, merci, je ne bois pas. J'ai trop souvent vu mon père ivre mort pour être tenté par l'alcool.

Voyant Alex hésiter, il ajouta :

— Prends-en une, ça ne me gêne pas. Je ne risque pas de te mettre dans le même sac que lui, je t'assure.

— Une *Negra Modelo*, demanda Alex.

— *Agua fría, por favor*.

— *Muy bien*.

Le señor Iñiguez retourna hâtivement dans la cuisine remettre leur commande à sa femme.

Une fois les boissons sur la table, Ricky Lee s'adossa dans son siège et attaqua le premier :

— Nous avons pas mal de choses à nous raconter. J'ai suivi ta carrière pendant que tu jouais pour l'OU. Cet accident... je suis désolé que tu aies dû arrêter le football.

Alex sirota une gorgée de sa bière avant de répondre :

— C'était préférable, reconnut-il. J'ai souffert d'une commotion en année senior à Freeland, juste après que tu... sois parti.

Lors du premier match de la saison, Odell avait intentionnellement manqué un tacle offensif pour se venger de l'engueulade qu'il avait reçue de l'entraîneur Tyler, sa seule « punition » après son combat avec Ricky Lee.

— Sur le coup, reprit Alex, j'ai pu continuer, mais j'ai encore été touché en première année à l'OU. La troisième fois, l'année suivante, c'était foutu pour moi. Mon père avait rêvé de me voir jouer dans la NFL, mais je manquais de cette ambition forcenée qui caractérise les vrais champions. Plus je me renseignais sur les éventuelles séquelles de traumatismes répétés à la tête, plus je me disais que le jeu n'en valait pas la chandelle.

— Je t'approuve tout à fait.

Leurs tacos arrivant, la conversation fut momentanément interrompue le temps de vider leurs assiettes. Puis Ricky Lee demanda :

— Et ensuite, que s'est-il passé ?

— J'ai perdu ma bourse, bien sûr. J'ai dû trouver un autre moyen de financer partiellement mes études universitaires. Pour couvrir le reste, j'ai travaillé comme serveur. Franchement, ces trois ans passés à la cafétéria de l'OU m'ont donné le plus grand respect pour les restaurateurs et le personnel de salle ! ajouta-t-il avec un sourire mi-figue, mi-raisin. Je n'avais plus les moyens de rester dans les dortoirs, c'était trop cher, mais par chance, une camarade cherchait un coloc pour partager son appartement. Katie et moi nous sommes mariés, une fois notre diplôme en poche.

— Tes études portaient sur quoi ?

— L'environnement. Ça ne me sert à rien pour tenir une quincaillerie, mais quand mon père a eu sa crise cardiaque, Alaina commençait à peine ses études universitaires. Je suis rentré. Katie avait reçu une offre intéressante dans un important lobby à DC, alors, nous nous sommes séparés.

— Si je te dis que je suis désolé, vas-tu me trouver hypocrite ? demanda Ricky Lee.

— Nous avons divorcé à l'amiable et nous sommes restés bons amis. Bref, j'ai aidé à tenir la quincaillerie jusqu'à ce que Alaina obtienne son diplôme, mais maman est décédée et je ne pouvais pas laisser ma sœur affronter la situation toute seule, alors, je suis resté, conclut Alex en haussant les épaules. Voilà ce qu'ont été ces dix dernières années. Pas exactement le renom et la fortune qu'on espérait de moi, mais tant pis.

Il termina sa bière et posa la question qui l'avait hanté depuis le départ de Ricky Lee.

— Et toi ? Qu'es-tu devenu après avoir quitté Freeland ?

Chapitre onze

EN voyant Ricky Lee hésiter avant de répondre, Alex se demanda s'il y avait des choses que son ami préférait garder pour lui. Lui-même avait franchement parlé de ses échecs, aussi espérait-il que Ricky Lee savait que quoi qu'il ait fait, Alex ne le jugerait pas. Avant qu'il puisse l'exprimer à haute voix, Ricky Lee commença à parler.

— J'étais sincère en disant qu'aller à Lawton a été la meilleure chose qui me soit arrivée. Ma vie chez mon père n'était pas terrible, tu le savais, mais je doute que tu aies réalisé la gravité de ma situation.

» Quand ma mère vivait encore, ça allait mieux. Elle travaillait dans un des restaurants du casino Wind River, c'est là que Billy Joe l'a rencontrée. À l'époque, je présume qu'il était encore à peu près décent, au moins quand il le voulait. En tout cas, il lui a proposé le mariage et, pour une raison inconnue, elle a accepté.

» Plus tard, il m'a révélé avoir entendu dire que les Comanches touchaient chaque année des centaines de milliers de dollars de revenus du casino. Il a cru qu'en épousant ma mère, lui aussi aurait sa part du gâteau. Après le mariage, alors qu'elle était déjà enceinte, il a découvert qu'en réalité, elle ne recevait que mille dollars annuels. Furieux, il lui a interdit le moindre contact avec les siens. Il ne voulait pas, disait-il, que son fils soit élevé comme un sauvage.

» Le salaire de ma mère a pourtant suffi à ce qu'il cesse de travailler – et je préfère ne pas te donner mon opinion sur le soi-disant médecin qui a signé son invalidité permanente ! Billy Joe a vécu de l'argent de sa femme… jusqu'à ce qu'elle tombe malade.

Ricky Lee se tut. D'un geste instinctif, Alex posa la main sur la sienne. Bien que Ricky Lee n'ait jamais beaucoup parlé de sa mère, Alex savait qu'elle était morte d'un cancer du pancréas l'été d'avant leur rencontre. Il n'avait pas posé de questions pour ne pas réveiller une douleur qu'il devinait latente.

— Je suis désolé. J'aurais aimé la rencontrer.

Ricky Lee hocha la tête.

— Tu lui aurais plu. Bref, après sa mort, la situation s'est vite dégradée. Les compensations versées au conjoint survivant étaient inférieures au salaire précédemment touché. Oh, il s'arrangeait pour avoir de quoi acheter ses cigarettes et son alcool. Tu n'as jamais réalisé combien j'étais reconnaissant à tes parents de me nourrir régulièrement, sans compter que ta mère te donnait à midi des paniers-repas assez copieux pour que tu puisses les partager avec moi.

— Ce n'était pas de la charité ! s'empressa de dire Alex. Sans ton aide, jamais je n'aurais réussi mes examens de géométrie ou de trigonométrie. Après deux heures de cours gratuits, t'inviter à dîner me paraissait la moindre des choses.

— En année senior, je n'étais plus là et tu t'en es quand même sorti.

— Parce que tu avais réussi à me faire rentrer dans la tête les bases des maths.

Le sourire de Ricky Lee semblait forcé.

— Passer du temps chez toi était une bénédiction, mais c'était aussi… douloureux. Ça me démontrait à quel point ma vie était anormale. J'ai grandi d'un seul coup et Billy Joe s'est mis à m'envoyer lui acheter ses cigarettes et ses bouteilles, même si je n'étais pas encore majeur. Il voulait aussi que je travaille, mais je savais qu'il comptait empocher tout ce que je gagnerais. Il me frappait souvent avec sa ceinture jusqu'à ce que je sois assez fort pour me défendre. Et quand je lui ai annoncé que j'étais gay… il m'aurait volontiers chassé, mais alors, il aurait perdu les avantages que je lui rapportais.

Alex constata qu'il avait les deux mains sous la table, les poings serrés. Ricky Lee ne s'était jamais plaint, d'accord, mais comment Alex avait-il pu être aussi aveugle ?

— Je n'avais aucune idée de ce que tu vivais. Si j'avais su…

Ricky Lee releva la tête et plongea ses yeux sombres dans ceux d'Alex.

— Je ne voulais pas que tu le saches, ni personne. Je n'avais que ma fierté. Ta famille et toi m'avez beaucoup aidé. J'avais décidé que je ne laisserais jamais Billy Joe ou quiconque me faire avoir honte de qui j'étais. Je ne pouvais peut-être pas me défendre autant que je l'aurais voulu, mais je ne comptais pas me taire devant Odell, JC ou leur clique de merde.

Alex comprenait beaucoup mieux pourquoi Ricky Lee s'était si souvent battu.

— J'aurais aimé t'épauler davantage.

— Tu as fait plus que ta part. C'est pourquoi jamais je n'aurais laissé Odell gâcher tes chances alors que tu n'étais coupable de rien. Tu m'as laissé t'embrasser, mais c'est moi qui ai commencé.

Ricky Lee sirota une gorgée d'eau. Hypnotisé, Alex regarda ses muscles de sa gorge bouger pendant qu'il avalait.

— Voilà pourquoi aller à Lawton a été une vraie chance. Chaque élève avait un mentor désigné et j'ai eu la chance de tomber sur M. Porter. Il m'a beaucoup appris, en particulier à me contrôler pour éviter de me mettre en colère. Et c'était un geek, aussi passionné que moi par les mathématiques. Il m'a trouvé des concours où j'ai pu m'inscrire, il m'a fait suivre un apprentissage à la programmation. D'après lui, c'était dans mes cordes, une affaire de logique et de concentration. Je n'aurais jamais cru pouvoir faire des études universitaires, mais il m'a trouvé de bonnes écoles de maths et d'informatique, et m'a convaincu d'y envoyer un dossier d'admission. Grâce à lui, j'ai obtenu une bourse à Seattle, à l'Université de Washington.

Alex était certain que l'intelligence de Ricky Lee l'avait également aidé à entrer.

— Alors, c'est pour ça que tu t'es retrouvé sur la côte Ouest ?

— Oui. Au début, laisse-moi te dire que ça a été un véritable choc culturel. Mais là-haut, les gens sont beaucoup plus tolérants envers les différences. Je peux être qui je suis sans avoir à me battre.

Alex comprenait l'attrait que Ricky Lee y trouvait. Du coup, il lui pardonnait presque de résider à l'autre bout des États-Unis.

— Tu as donc un diplôme en mathématiques ?

— J'ai une double casquette : mathématiques et informatique. Je t'ai aidé autrefois, mais je ne me sentais pas la patience de devenir prof, alors, M. Porter m'a indiqué qu'il me serait plus facile de trouver du travail dans la programmation que dans les mathématiques pures.

— Il doit être très fier de toi.

Ricky Lee serra les dents.

— Il l'a été, c'est vrai, et il a pris l'avion pour assister à ma remise de diplôme. Il est décédé un an plus tard. Il n'a jamais su…

— Je suis désolé, coupa Alex, bien plus sincère qu'en parlant de Billy Joe Jennings. Mais c'est une grande chance que tu aies eu quelqu'un comme lui dans ta vie.

Une fois encore, Ricky Lee soutint son regard.

— Je sais. Merci.

Après un moment de silence, Alex demanda :

— Alors, tu travailles dans la programmation, hein ? Dans quelle boîte ?

Ricky Lee détourna brièvement les yeux avant de répondre :

— *Polynomial Software.*

Il regardait Alex de près, comme si ce nom devait lui signifier quelque chose. Alex secoua la tête : il n'en avait jamais entendu parler.

— Je ne connais pas. Et Crae, il travaille avec toi ?

Pour se rassurer, il aurait aimé connaître la nature de la relation entre ces deux-là.

— Crae est…

Ricky Lee n'eut pas le temps de finir sa phrase : le señor Iñiguez leur apportait l'addition.

— *Lo siento, señores…*

Alex regarda sa montre, surpris de constater qu'il était vingt et une heures passées. Il regarda autour de lui : ils étaient les derniers clients du restaurant.

— Je ne m'étais pas rendu compte qu'il était aussi tard, remarqua-t-il.

Il cherchait son porte-monnaie quand Ricky Lee intervint.

— Non, c'est moi qui t'invite.

— Tu es sûr ? Nous pouvons partager.

— Ne t'inquiète pas, je peux me le permettre.

Il donna plusieurs billets de vingt dollars au señor Iñiguez et refusa la monnaie d'un geste.

— *Gracias por su servicio.*

Quand ils se retrouvèrent dans la rue, la température avait notablement baissé. Tandis que tous deux retournaient à l'hôtel, le vent frais provoqua une chair de poule sur les bras d'Alex et fit voleter les cheveux de Ricky Lee.

— Tu montes ? proposa Ricky Lee une fois arrivés. Je suis certain que je te trouverai de la bière dans le minibar.

Le frisson qui traversa Alex n'était pas dû cette fois à la froidure vespérale.

— Oui, volontiers, répondit-il à mi-voix.

Une prise de conscience naissait en lui, un sentiment d'anticipation. Et Alex devina que Ricky Lee le partageait. Les confidences reçues ce soir n'avaient fait que renforcer le respect qu'Alex éprouvait pour l'homme à ses côtés. Ricky Lee avait vaincu l'adversité pour devenir celui qu'il était aujourd'hui.

L'homme qu'Alex désirait.

Dès qu'ils furent dans la chambre, la porte refermée sur eux, Alex empoigna Ricky Lee, le fit pivoter et l'embrassa. Ce soir, c'était à son tour de se presser contre lui, de conquérir sa bouche. Ricky Lee accepta l'intrusion de la langue d'Alex avec un grondement approbateur. Enivré, Alex découvrit le contour de ses lèvres, ses dents et son palais.

Il adora sentir l'érection de Ricky Lee pousser contre lui, mais il en désirait davantage et pour cela, il devait libérer le grand corps de la porte. D'un coup d'œil, il repéra le canapé du salon… *parfait*.

Il le désigna d'un signe de tête.

— Par là.

— Et ta bière ?

Avec un sourire dans les yeux, Ricky Lee fit un pas vers le minibar. Alex l'en empêcha, heureux de constater que physiquement, il était de taille à lutter contre Ricky Lee.

— Une bière me suffit largement… surtout si tu ne bois pas.

Ses mains sur les larges épaules de Ricky Lee, Alex recula vers le canapé, jusqu'à ce que l'arrière de ses genoux heurte les coussins. Une fois assis, il attira Ricky Lee avec lui et l'installa à ses côtés.

Puis il se pencha pour l'embrasser encore, le plaquant contre le dossier.

— Je me demandais si tu comptais prendre le contrôle, déclara Ricky Lee.

— Ça te pose un problème ?

Il passa la main dans les cheveux noirs, aussi soyeux au toucher qu'ils en avaient l'air. Ricky Lee secoua la tête, faisant glisser ses mèches entre les doigts d'Alex.

— Au contraire ! Je l'espérais. J'aime qu'un homme soit capable de donner autant qu'il reçoit.

Alex en fut tout excité, même s'il lui vint à l'esprit que Ricky Lee était bien plus expérimenté que lui en ce domaine. Rien de surprenant : Ricky Lee avait reconnu à l'adolescence son homosexualité, il l'avait assumée librement et fièrement. Alex, de son côté, n'avait connu que de rares et décevantes aventures à l'université, juste avant de rencontrer Katie. Oh, il avait joui, bien sûr, mais sans passion. Du coup, il s'était interrogé sur sa véritable orientation. Aujourd'hui, il savait qu'il désirait plus Ricky Lee que tout autre être de la planète, homme ou femme.

— Alors, laisse-moi te donner ça.

Alex se mit à embrasser la gorge de Ricky Lee, remontant le long des muscles qu'il avait regardés déglutir tout à l'heure, à la *taqueria*. La pomme d'Adam de Ricky Lee bougeait, Alex la prit doucement entre ses dents, arrachant à son amant un gémissement qui vibra contre ses lèvres.

Puis Alex se mit à déboutonner la chemise noire.

— Oh, oui ! grogna Ricky Lee.

Alex baissa la tête pour goûter à la peau qu'il dénudait. Le torse de Ricky Lee était doux et chaud sous ses lèvres. Quand il atteignit le dernier bouton, il tira les pans de la chemise hors du jean et les écarta pour admirer ce qu'il avait découvert.

— Ça te plaît ?

— Oh, oui ! lança Alex avec conviction.

Ricky Lee bougea pour écarter les jambes et Alex glissa sur le sol pour s'agenouiller entre elles. Sur la peau olivâtre de Ricky Lee, les mamelons ressemblaient à des piécettes de cuivre – *des « un cent »,* pensa Alex. Il se pencha pour les lécher l'un après l'autre.

Ricky Lee l'empoigna par les cheveux et lui bloqua la tête.

— Mords, ordonna-t-il.

Accroché aux cuisses dures pour garder son équilibre, Alex referma les dents sur la petite crête sensible. Quand il raffermit sa pression, il sentit les muscles de son amant se contracter sous ses paumes. Il continua ses caresses, tandis que la main de Ricky Lee guidait sa tête d'avant en arrière jusqu'à ce que les deux mamelons soient tendus et humides.

Après un dernier baiser, Alex descendit vers le ventre dur, léchant et grignotant jusqu'à arriver à la ceinture du jean. En détachant la boucle, il leva les yeux. Ricky Lee avait la tête renversée en arrière, les jambes écartées, une main dans les cheveux d'Alex. Le spectacle le plus érotique qu'Alex ait vu de toute sa vie !

Alex parvint enfin à libérer le sexe érigé à travers la fente du boxer noir.

Se redressant, Ricky Lee le fixa, les paupières alourdies, les doigts crispés sur le crâne d'Alex.

— Vas-y.

Sans hésiter, Alex aspira le gland salé. Le goût de Ricky Lee lui éclata dans la bouche, réveillant ses appétits. Il aspira le long sexe jusqu'au fond de sa gorge, le nez enfoui dans un buisson de poils noirs soigneusement taillés. L'odeur musquée de Ricky Lee le rendait fou. Il inhala profondément et remonta, libérant presque le sexe palpitant avant de l'engloutir à nouveau. Il trouva vite son rythme, heureux de sentir Ricky Lee ruer contre lui en gémissant.

Tout en cherchant à approfondir sa fellation, Alex tâtonna avec sa fermeture éclair et chercha son sexe, bercé par les cris de plus en plus rauques qu'il arrachait à son amant. Puis Ricky Lee se figea, poussa un juron et se vida dans sa bouche. Alex se masturba d'une main fébrile et trouva le plaisir quelques secondes après.

Il retomba sur ses talons, le souffle court.

Ricky Lee le prit par les épaules et chercha à la redresser en disant :

— À ton tour.

— Désolé, je n'ai pas pu attendre, souffla Alex. Te voir jouir m'a fait craquer.

Ricky Lee leva la main d'Alex jusqu'à sa bouche, ouvrit les doigts et lécha la paume maculée. Il embrassa ensuite Alex d'un baiser passionné qui avait le goût de leurs deux spermes.

— Ce sera mieux la prochaine fois, souffla Ricky Lee.

Alex accepta d'un sourire, heureux de savoir qu'il reverrait bientôt son amant.

Chapitre douze

— **ALORS** ? demanda Sam quand elle et Alex se retrouvèrent lundi matin pour prendre le petit-déjeuner ensemble.

— Alors quoi ?

— Parle-moi de ton dîner avec Ricky samedi soir.

— Nous sommes allés à la *taqueria*, annonça Alex.

Il avala un morceau de son omelette.

L'air menaçant, Sam se pencha en avant.

— Je te rappelle que je fais partie des Forces de l'Ordre. Je porte un bâton et je n'hésiterai pas à l'utiliser pour te faire parler.

Alex soupira.

— Tu veux connaître notre menu ? Ricky Lee a commandé les *tacos carne asada*, moi, les *carnitas*. J'ai pris une bière. Il est resté à l'eau.

En voyant Sam porter la main à sa ceinture, il sourit et enchaîna :

— Désolé, je n'ai pas pu résister. J'adore te taquiner !

— T'a-t-il raconté ce qu'il avait fait depuis qu'il a été expulsé de Freeland Hill ?

Alex perdit toute envie de plaisanter.

— Oui. D'après lui, aller à Lawton a été son salut et je crois bien qu'il a raison. La situation chez lui était infiniment pire que je le pensais, Sam. Son père ne s'occupait pas de lui. Et même, il le battait.

Sam hocha la tête.

— J'ai assez connu Billy Joe avant son trépas pour le croire capable du pire. C'était un ivrogne et une brute. C'est un miracle qu'il n'ait pas provoqué d'accident, car nous l'avons arrêté je ne sais combien de fois complètement ivre au volant. Et chaque fois, il se montrait très agressif. Pour un enfant, vivre avec lui devait être horrible.

— Pas étonnant que Ricky Lee ait appris très tôt à se battre pour se défendre. Il était mieux ailleurs, ça, c'est sûr. Mais ce programme alternatif à Lawton lui a vraiment profité. Son mentor l'a convaincu d'étudier la programmation et l'informatique, et l'a inscrit dans divers concours de mathématiques, du coup, il a pu obtenir une bourse d'études de l'Université de Washington. Il est maintenant programmeur dans une entreprise qui s'appelle *Polynomial Software*.

Sam parut pensive.

— Peut-être peut-il travailler à distance. Ça expliquerait une absence aussi longue. C'est le genre de job qui paie bien, à ce qu'on dirait.

— Et je suis certain qu'il mérite son salaire, déclara Alex, sur la défensive.

Sam leva les mains.

— Je n'ai jamais dit le contraire.

Elle remua son café et en sirota une gorgée avant d'enchaîner :

— Que s'est-il passé après le dîner à *la Fiesta* ?

— Nous sommes retournés à pied jusqu'à l'hôtel.

— Et ensuite ?

Alex sourit.

— Tu es aussi curieuse qu'une ado ! Je me souviens des questions des gars du vestiaire quand j'étais à Freeland Hill. Tu cherches à savoir si j'ai scoré, c'est ça ?

Sam sourit à son tour.

— Crois-moi, les cheerleaders étaient certainement pires. Alors, raconte ! Ça a marché ?

Alex ravala un gémissement d'extase.

— Oh, oui !

— Dieu merci ! Si tu avais été assez bête pour laisser passer ta chance, je t'aurais mis un grand coup sur la tête.

Elle posa sa tasse vide et se leva en ajoutant :

— Bon, j'aimerais bien te soutirer tous les détails, mais je suis censée faire appliquer la loi et protéger mes concitoyens. Dis-moi juste que c'était bon et qu'il restera en ville assez longtemps pour que vous recommenciez bientôt.

Aussi souvent et aussi longtemps que possible, se répéta mentalement Alex.

— Je ne sais pas combien de temps il compte rester, mais nous avons à nouveau rendez-vous ce soir pour dîner.

ALEX quitta le Coffee Pot en même temps que Sam et retourna chez lui ouvrir la quincaillerie. Il ne s'attendait pas à revoir son amie ce jour-là, aussi fut-il surpris de la voir entrer dans le magasin quelques heures plus tard.

Elle paraissait troublée.

— Ça ne va pas, Sam ? s'inquiéta Alex

— Peux-tu m'accorder quelques minutes ?

Alaina, déjà descendue, leur fit signe qu'elle s'occupait de la quincaillerie. Alex devina que, comme lui, sa sœur mourait de curiosité.

Sam l'entraîna dans la rue et lui désigna sa voiture de patrouille, garée le long du trottoir. Quand ils furent tous les deux enfermés à l'intérieur, Alex demanda :

— Qu'est-ce qui se passe, Sam ? Tu m'inquiètes.

— Comme tu le sais déjà, j'ai un peu fouillé le passé de Ricky Lee, commença-t-elle.

— Oui, mais il est clean, c'est toi qui me l'as dit.

— La… la question n'est pas là. Cette compagnie dont tu m'as parlé ce matin, j'ai regardé de plus près.

Alex n'y comprenait plus rien.

— *Polynomial Software* ?

Elle soupira.

— Alex, Ricky Lee ne travaille pas seulement pour *Polynomial Software*. Il *est Polynomial Software*.

Alex ne voyait pas en quoi cette déclaration cryptique éclairait la situation.

— C'est sa boîte ? Il en est le seul employé ?

Sam éclata de rire.

— Ça a peut-être été le cas au début. Je savais bien que ce nom me disait quelque chose, mais ça ne m'est revenu qu'en regardant sur Internet. As-tu entendu parler du logiciel GameFit ?

Alex secoua la tête.

— Non, je ne joue pas beaucoup.

— C'est une interface qui fonctionne sur toutes les plates-formes de jeux. Plus on s'en sert, plus on gagne des points, plus on accède à des niveaux ou des compétences de jeu. Je me souviens d'avoir lu un article disant que ce logiciel avait l'originalité de faire travailler le cerveau des joueurs. Il y a quelques années, une grosse multinationale a racheté ses droits au programmeur qui a conçu ce logiciel : du jour au lendemain, il est devenu multimillionnaire. Ce matin, durant mes recherches sur *Polynomial Software*, je suis tombé sur le nom de ce concepteur.

Elle croisa le regard perplexe d'Alex et lança :

— R. L. Jennings.

— Quoi ? Tu prétends que Ricky Lee…

Elle le coupa pour asséner :

— Il a conçu GameFit et créé *Polynomial Software*, une des boîtes de développement les plus populaires du pays. Ricky Lee Jennings vaut des millions.

ALEX retourna à la quincaillerie en état de choc. *Pourquoi ne m'a-t-il rien dit ? Pourquoi n'a-t-il rien dit à personne ?* Il étouffa un rire douloureux. *Merde, il aurait gagné le prix de la plus belle réussite à la fête des anciens élèves !*

Dès qu'il entra, Alaina se précipita sur lui.

— Qu'est-ce qui ne va pas, Xan ? On dirait que tu viens d'apprendre une catastrophe.

Non, pas vraiment, mais Ricky Lee n'est pas l'homme que je croyais. Il aurait voulu pouvoir tout révéler à Alaina, mais il préféra attendre d'en savoir davantage.

— Rien d'important. Je peux te laisser une minute ? J'ai un coup de fil à passer.

Elle semblait peu convaincue, mais elle n'insista pas.

— Bien sûr, grand frère.

En montant l'escalier, Alex réalisa qu'il ne connaissait même pas le numéro personnel de Ricky Lee. Après s'être maudit, il consulta le site de l'hôtel sur son téléphone portable et appela la réception.

— Pourrais-je avoir la chambre de Ricky Lee Jennings, s'il vous plaît ?

Il compta huit sonneries, puis une voix robotique l'informa que le client demandé était absent et l'invita à laisser un message. Alex raccrocha avec un juron.

— S'il n'est pas dans sa chambre…

Ignorant la douleur qui commençait à lui marteler les tempes, il recomposa le numéro de l'hôtel.

— Pourrais-je avoir la chambre de Crae Adams ?

Deux sonneries, puis une réponse :

— *Allo ?*

La voix de Crae.

Alex déglutit.

— Ici Alex Morrison. J'essaie d'avoir Ricky Lee.

— *Il est… occupé en ce moment.*

Oui, merde, je le sais déjà.

— *Voulez-vous que je lui passe un message ?* reprit Crae.

— Dites-lui que j'aimerais acheter des actions de *Polynomial Software* et que je voudrais le consulter.

Crae resta silencieux un moment.

— *Alex, vous ne pouvez pas acheter d'actions. La boîte est privée. Écoutez, Lee est sur Skype en ce moment, il discute avec l'équipe de développement et ça risque de durer des heures. Voulez-vous qu'on se retrouve quelque part pour parler ? Il y a certaines choses que vous devriez savoir.*

C'est ça, tu vas me dire que « Lee » t'appartient et je dois dégager du paysage.

Alex n'était pas certain de vouloir entendre ce que Crae comptait lui dire, mais apparemment, il était plus maso qu'il le pensait.

— Le *Danish Coffee Pot* dans un quart d'heure, ça vous va ?

— *Oui, à tout de suite.*

CRAE entra vingt minutes plus tard. Alex l'attendait depuis un bon moment déjà devant une tasse de café qu'il n'avait pas touchée. Il attira son attention en levant une main et Crae se glissa sur la banquette en face de lui.

Ils se regardèrent en silence pendant quelques instants.

— Je voulais qu'il vous le dise, finit par déclarer Crae. Excusez-moi, mais j'aurais voulu qu'il en mette plein la vue à tout ce foutu patelin !

— Pourquoi ne l'a-t-il pas fait ?

— Demandez-le-lui, mais si vous connaissez Lee, vous savez bien qu'il ne change jamais d'avis une fois sa décision prise.

— Vous me paraissez le connaître bien plus intimement que moi, déclara Alex avec amertume.

Crae se mit à rire.

— Vous nous croyez amants ? Désolé, mais non. Lee est bien trop alpha à mon goût. Je préfère des amants plus… soumis.

Alex se frotta le front pour essayer d'apaiser sa migraine. Au moins, ses doutes concernant la nature de la relation entre Ricky Lee et Crae s'étaient dissipés.

— Excusez-moi, reprit-il. Je ne sais pas ce qui m'a pris. Ça me paraît tellement étrange de vous entendre l'appeler Lee.

Crae haussa les épaules.

— Ça me fait tout aussi bizarre que tout le monde ici l'appelle Ricky Lee. Depuis que je le connais, il ne répond qu'à RL ou à Lee. Peut-être était-ce pour mieux couper les ponts avec son passé.

Alex comprenait les motivations de Ricky Lee, mais il souffrait de faire partie de ce passé honni.

— Il est revenu, cependant, dit-il. Je ne comprends pas pourquoi il refuse d'exposer sa réussite.

— Il n'a jamais voulu revenir. C'est moi qui l'ai convaincu de le faire.

Birgit s'approcha de leur table avec un pot de café. Crae se tut le temps qu'elle remplisse leurs tasses avant de les laisser à nouveau seuls. Puis il reprit :

— J'ai rencontré Lee juste avant la vente de GameFit. Quand la nouvelle est parue dans les journaux économiques, les gens ont commencé à s'intéresser à *Polynomial* et Lee a été submergé de demandes, propositions et offres d'entretiens. C'est un développeur génial, mais pas un dirigeant d'entreprise. Il avait besoin de quelqu'un pour gérer les détails fastidieux afin de mieux se concentrer sur la grande image. C'est ce que je fais pour lui. Rien de plus.

Alex rougit.

— Je me suis déjà excusé. Mais quand je vous ai vus danser ensemble à la fête de l'école, j'ai cru…

— Hé, coupa Crae, nous nous sommes délibérément donnés en spectacle. D'après ce que Lee m'a raconté, les gens d'ici s'attendaient à le voir agir de façon scandaleuse. J'ai tenu à ne pas les décevoir.

— Croyez-moi, vous avez réussi.

Un grondement résonna dans la rue. Alex se tourna vers la fenêtre, s'attendant à moitié à voir débouler la Harley de Ricky Lee. Il fut déçu de constater que c'était juste le tonnerre dans le lointain.

Puis Crae croisa son regard.

— Écoutez, Alex, je vais être franc. Lee m'a raconté pourquoi il avait été expulsé de l'école il y a onze ans. Il n'a jamais été mon amant, mais au cours des quatre dernières années, j'ai repéré son type d'hommes : des blonds aux yeux bleus, bien blancs, bien Américains, et aucun n'a jamais duré plus de quelques semaines. Il ne s'en rend peut-être pas compte, mais c'est vous qu'il cherche. Et il vous a mis sur un tel piédestal dans sa mémoire que personne ne peut égaler.

— Moi ? Sur un piédestal ?

Alex faillit rire. Si Ricky Lee l'avait autrefois admiré, ce n'était certainement plus le cas après avoir appris ses échecs successifs de ces dix dernières années.

Le tonnerre tonna encore, plus fort, plus près.

— Lee est mon meilleur ami, insista Crae, il mérite d'être heureux. Alors, quand il m'a parlé des dix ans de sa classe il y a quelques mois, ça m'a donné une idée. J'ai cherché sur Internet le site de Freeland Hill et je suis tombé sur la date de la réunion des anciens élèves. Je me suis dit qu'en vous revoyant, il réaliserait que vous n'avez rien du demi-dieu dont il gardait le souvenir. Dans ce cas, il pourrait enfin vous oublier et se mettre à vivre. Je l'ai convaincu que revenir en Oklahoma serait la meilleure façon pour lui de refermer définitivement une ancienne blessure. Je pensais aussi que ça lui ferait du bien d'afficher son succès auprès de ceux qui l'avaient jadis méprisé. Il verrait que Freeland n'était qu'une petite ville rétrograde remplie de ploucs à l'esprit étroit et nous pourrions rentrer à Portland au bout de quelques jours.

Alex leva un sourcil.

— Rien qu'à ce discours, je devine que vous n'étiez jamais descendu à l'est des Rocheuses.

Crae eut la grâce de rougir.

— J'avoue avoir eu des idées préconçues sur les *Okies* [15]. Pour ma défense, je ne les connaissais qu'à travers les histoires de Lee. Vous me semblez être un homme tout à fait décent, je dois aussi le reconnaître.

— On dirait que ça vous contrarie.

— Eh bien, ça retarde certainement notre retour à Portland.

En entendant la pluie frapper les vitres, Crae se retourna pour jeter un coup d'œil à l'extérieur.

— Merde ! Je suis venu à pied. J'ai intérêt à me dépêcher, sinon je vais être trempé.

Il se leva, Alex fit la même chose après avoir vidé son café.

— Si j'avais pris ma voiture, je vous aurais volontiers ramené, mais je suis venu à pied moi aussi.

Crae hésita.

— Écoutez, je comprends que vous soyez un peu sonné, mais laissez à Lee une chance de s'expliquer, d'accord ? Rien ne se passe comme prévu, c'est vrai, mais je ne veux pas le voir souffrir.

— J'écouterai ce qu'il a à dire, promit Alex, sans conviction.

---

15 Surnom des habitants de l'Oklahoma.

Il ne voyait pas ce que Crae espérait d'une telle confrontation. Il aurait pu avoir une chance avec Ricky Lee, l'informaticien, mais Lee, le millionnaire, n'était plus à sa portée.

Chapitre treize

ALEX arriva à la quincaillerie Morrison trempé
comme une soupe et d'humeur aussi sombre que le ciel
au-dessus de sa tête. Il entra par la porte de derrière
pour éviter les questions que sa sœur ne manquerait pas
de lui poser s'il la croisait et monta deux par deux les
marches jusqu'à leur appartement, à l'étage.

Pendant qu'il se changeait, il envisagea d'appeler
Ricky Lee – il avait demandé à Crae son numéro de
portable juste avant de quitter le *Coffee Pot*, prétendant
avoir à lui préciser le restaurant où ils devaient se
retrouver le soir même. Sa migraine empirait et une
douleur pulsatile lui martelait les paupières. Alex
n'avait qu'une envie : s'étendre dans le noir et attendre
que ça lui passe. Ou que Ricky Lee quitte la ville,
selon ce qui arriverait en premier. Malheureusement, il

avait promis à Crae de donner Ricky Lee l'occasion de s'expliquer. Il en revenait donc à son point de départ : devait-il téléphoner à Ricky Lee ?

Une idée lui vint : peut-être lui fallait-il se mettre à l'appeler Lee ? Alex tenait absolument à savoir pourquoi un millionnaire tenait tant à garder secrète sa réussite.

Avec un soupir, il avala deux gélules d'Excedrin, enfila un jean et un tee-shirt secs, puis saisit son téléphone et chercha le nom de Ricky Lee. *S'il est toujours occupé au téléphone, je considérais ça comme un signe du destin et je lui laisserais un message pour annuler le dîner de ce soir.*

Vu la chance qui le caractérisait, Ricky Lee répondit à la première sonnerie, bien entendu.

— *Alex ? C'est toi ?*

Eh merde ! pensa Alex. *J'aurais dû réfléchir à ce que je comptais lui dire avant de l'appeler.*

Il chercha à gagner du temps :

— Je, euh, pensais que ta réunion Skype n'était pas terminée.

— *C'est le cas, je les ai mis en stand-by.*

Bien, ça lui donnait une excuse pour être bref.

— Il tombe des trombes. Il ne serait pas prudent que tu sortes ta Harley. Nous ferions sans doute mieux de…

— *Crae m'a annoncé que tu étais au courant*, coupa Ricky Lee. *Il faut qu'on parle. J'ai connu de pires conditions, ça ne m'a jamais empêché de rouler.*

Crae avait raison : une fois que Ricky Lee avait une idée en tête, plus rien ne pouvait le faire changer d'avis.

Alex céda à l'inévitable.

— D'accord, mais je ne vois pas l'utilité que tu finisses trempé. Je passerai te chercher à l'hôtel. Soit nous dînons sur place, soit…

Il préférait que la discussion ait lieu en toute intimité,

— … soit j'apporte des pizzas. Tu aimes toujours les peppéronis et les olives noires ?

— *Bien sûr.*

Après un « *bip-bip* » en arrière-plan, Ricky Lee reprit :

— *Je dois revenir à ma conférence. Merci, Alex.*

— À tout à l'heure.

La communication fut coupée. Alex reste un moment figé à regarder le nom de Ricky Lee sur son écran. Puis il se secoua, enfila ses chaussures et descendit affronter Alaina. *Second round*, pensa-t-il.

Elle se précipita sur lui dès qu'elle le vit entrer.

— Que se passe-t-il, Xan ?

D'après Alex, Sam n'avait parlé qu'à lui de la fortune de Ricky Lee. Et jusqu'à ce qu'il ait l'occasion de discuter avec l'ex-paria de Freeland, Alex préférait ne pas diffuser la nouvelle. Pour être franc, il ne s'en sentait pas le droit. Non qu'il s'attende à ce qu'Alaina répande la rumeur à peine au courant de la vérité, mais avec cette migraine qui l'abrutissait toujours, il n'était pas prêt à se lancer dans des explications laborieuses. Mieux valait qu'il préserve sa force mentale pour son entrevue avec Ricky Lee.

— Rien. Ne t'inquiète pas pour moi.

— Si, bien sûr, surtout quand je te vois agir aussi fébrilement sans savoir pourquoi. Tu t'es… disputé avec Sam ?

Alex fut soulagé de ne pas avoir à mentir.

— Non, pas du tout. Elle avait à me communiquer…
c'est rien, juste un malentendu que j'ai dû rectifier,
c'est tout.

Alaina n'était pas du genre à avaler des bobards.

— Quel genre de malentendu ?

Acculé, Alex joua à contrecœur sa dernière carte :

— Écoute, Lan, je ne suis pas en état de subir
l'Inquisition. J'ai une migraine épouvantable…

Alex gardait ces migraines récurrentes comme
seule séquelle de ses trois commotions cérébrales
et Alaina était au courant. C'était la seule façon de
l'empêcher de le harceler davantage. Elle s'adoucit
aussitôt.

— Oh, je suis désolée. Tu veux monter et t'étendre
un moment ? enchaîna-t-elle, passant en mode mère
poule. De toute façon, c'est à moi de m'occuper de la
quincaillerie ce soir et avec cette pluie, je doute que
nous ayons beaucoup de clients.

Alex hésita, tenté, mais il savait qu'il ne ferait que
ressasser sa confrontation à venir avec Ricky Lee.

— Merci, mais ça devrait aller, c'est encore
gérable. Je vais aller commander les décorations pour
les prochaines vacances.

Elle lui lança un sourire entendu.

— Et ce soir, tu dînes avec Ricky Lee, pas vrai ?
Je suis certaine que le revoir t'aidera à te sentir mieux.

Alex en doutait fort.

UN peu après dix-neuf heures, il frappa à la porte de
la chambre de Ricky Lee, les bras encombrés de boîtes
Napolitano Pizza. Sa migraine s'était un peu calmée,
mais pas ses appréhensions concernant la conversation
à venir.

Ricky Lee vint lui ouvrir. En pénétrant dans le salon, Alex remarqua que la porte de communication avec la chambre de Crae était close. Il posa ses pizzas sur le comptoir de la kitchenette et déclara :

— J'ai apporté assez pour que Crae mange avec nous.

Ricky Lee se rembrunit.

— Non, grommela-t-il. Crae n'a déjà été que trop bavard. Tu veux une bière ?

Alex préférait garder l'esprit clair, d'autant plus que Ricky Lee ne buvait pas. *Et il n'aime pas le goût de l'alcool,* lui rappela sa libido, soudain éveillée. Son cerveau rationnel intervint sévèrement et lui rappela que ce soir, il n'avait pas intention d'embrasser Ricky Lee, ni de faire autre chose, d'ailleurs.

— Bien sûr, répondit-il.

Dans les dents, libido ! Il s'autorisa néanmoins à admirer la longue silhouette se pencher sur le minibar pour en sortir une Corona et une bouteille d'eau pétillante.

Ricky Lee décapsula la bière et la tendit à Alex.

— Désolé, je n'ai pas de quartier de citron à glisser dans le goulot.

— Ce n'est pas grave, merci.

Il n'y avait pas de table dans la kitchenette, juste de hauts tabourets autour du comptoir. Le couvert était mis pour deux. Alex prit place en face de Ricky Lee et ouvrit les cartons de pizza. Une chaude odeur de saucisse et de peppéronis monta dans la pièce.

Ils mangèrent en silence, à part de brefs commentaires impersonnels. Les pizzas étaient bien entamées lorsque les deux hommes furent rassasiés. Alex rassembla ce qui restait dans un carton et jeta l'autre dans la poubelle sous l'évier. La vaisselle était intacte, chacun ayant mangé avec ses doigts. Alex se remit à siroter sa bière. Ricky Lee jeta sa serviette et sortit son portefeuille. Son geste brisa la trêve fragile qui s'était instaurée entre eux.

— Si tu parles de me rembourser, grogna Alex, je te colle un gnon. Je ne possède peut-être pas une foutue société de logiciels, mais j'ai de quoi payer deux minables pizzas.

— Je ne voulais pas… Écoute, Alex, je comprends ta colère, je suis désolé. Laisse-moi t'expliquer, d'accord ?

Il se leva et désigna le canapé du coin-salon. Alex vida sa Corona et fit claquer la bouteille vide sur le comptoir. N'ayant pas oublié son premier passage dans cette suite, il n'avait pas la moindre intention d'approcher ce fichu canapé. D'un pas raide, il contourna la table basse et prit le fauteuil placé en face.

Toujours accoudé au comptoir, Ricky Lee hésita.

— Tu veux une autre bière ?

— Non, aboya Alex. Je veux juste savoir pourquoi tu m'as caché que tu valais des millions de dollars.

— À t'entendre, je devrais en avoir honte, rétorqua Ricky Lee.

Il vint prendre place sur le canapé et affronta Alex du regard.

— Non, c'est toi qui agis bizarrement. Pourquoi as-tu gardé le secret ?

— Je n'ai jamais voulu venir à cette réunion d'anciens élèves. C'est une idée de Crae, il prétendait que ça me permettrait de mettre une bonne fois pour toutes le passé derrière moi. Et j'avoue qu'afficher ma réussite devant une ville qui m'a toujours traité de haut avait un petit côté tentant.

— Alors, pourquoi n'avoir rien dit ?

Ricky Lee fit la grimace.

— Tu sais ce qui m'est arrivé à peine avais-je remis le pied ici ? J'ai été arrêté par un flic qui n'appréciait pas mon look. J'ai illico compris que rien n'avait changé. Je suis redevenu ce gosse malingre avec du sang indien né du mauvais côté de la ville et les gens continuaient à penser de moi le pire sans se soucier de justifications.

— Tout Freeland n'est pas comme ça ! protesta Alex.

Sa voix manquait de conviction : il avait entendu trop de ragots, quelques fois le concernant, pour garder foi en ses concitoyens.

— Autrefois, je me contrefoutais de ce que les gens pensaient, c'est pareil aujourd'hui. Je ne leur dois aucune explication sur qui je suis, ou ce que je fais. Ils peuvent penser ce qu'ils veulent.

Alex ne pouvait qu'admirer une telle indifférence qui traduisait une totale confiance en soi. Malheureusement, il était loin d'être dans le même cas.

Ricky Lee enchaîna :

— Je n'ai pas besoin que ces gens qui me détestent viennent me faire des grâces sous prétexte que j'ai de l'argent. De toute façon, il n'y a qu'une seule personne que je tenais à revoir : toi.

— Alors, pourquoi m'avoir menti ? Que tu ne tiennes pas à raconter ta vie à tout le monde, je peux éventuellement l'accepter, mais je t'ai raconté franchement ce que j'avais vécu depuis ton départ. Je t'ai avoué avoir accumulé les échecs.

— Je ne t'ai pas menti, Alex. C'est juste… je ne t'ai tout pas dit toute la vérité.

— Foutaises ! s'énerva Alex. Autrefois, nous n'avions pas de secrets l'un pour l'autre. Si tu as tellement changé, je ne te connaissais peut-être pas autant que je le pensais. À moins que tu aies craint que je te réclame de l'argent ?

Étrangement, c'était ce qui lui faisait le plus mal.

Ricky Lee secoua la tête avec une telle force que ses cheveux voltigèrent autour de ses épaules.

— Non ! Je n'ai jamais pensé ça de toi, pas même une minute. Écoute, j'ai déconné, je l'avoue, et je m'en excuse. Pouvons-nous tout oublier et recommencer à zéro ?

— Si j'accepte, comment sauras-tu que ce n'est pas pour ton argent ?

— D'abord, parce que tu m'as taillé une pipe samedi soir sans rien savoir de moi, ensuite, parce que tu continues à m'en vouloir…

Quand Ricky Lee se pencha en avant, Alex dut résister à son envie de se rapprocher de lui.

— La connexion entre nous existe toujours, Alex, insista Ricky Lee, et j'aimerais voir où ça nous mène, même si je dois me contenter de ton amitié le temps que tu m'accordes à nouveau ta confiance.

Alex restait bouleversé, nerveux et hésitant, mais c'était une offre qu'il ne pouvait pas refuser, même s'il savait à présent ne pouvoir espérer de Ricky Lee que quelques jours, rien d'autre. *Aussi souvent et aussi longtemps que possible,* se répéta-t-il.

— Tu as toujours été mon ami, Ricky Lee, ça n'a pas changé, concéda-t-il de mauvaise grâce.

— Dans ce cas, dis-moi où je peux louer une voiture par ici ? Crae prétend qu'il nous faut autre chose que ma Harley si j'ai l'intention de m'attarder.

Tenté d'interroger Ricky Lee sur la durée de son séjour à Freeland, Alex résista et préféra poser une autre question qui le démangeait :

— Tu es descendu de Portland en moto ?

Ricky Lee sourit.

— Oui. C'était génial ! Crae n'est pas venu avec moi. D'abord, nous ne pouvions nous absenter tous les deux si longtemps, ensuite, passer trois mille kilomètres accroché derrière moi ne le tentait pas.

Alex aurait adoré le faire. Il fut néanmoins heureux d'apprendre que Crae s'y était refusé.

— Alors, enchaîna Ricky Lee, il a pris l'avion et je l'ai récupéré à Oklahoma City. J'aurais loué une voiture sur place si j'avais su que nous en aurions besoin, mais à ce moment-là, je pensais reprendre la route dès le lendemain de la réunion.

En son for intérieur, Alex se réjouit de ce changement de programme.

— Je suis désolé, déclara-t-il, mais si tu veux éviter d'aller jusqu'à Lawton, seul *Tillman Motors* loue des voitures à Freeland.

— Je n'ai aucune envie de traiter avec Odell Tillman, mais j'aimerais cette voiture aussi vite que possible. Peux-tu m'y conduire demain matin ? Crae attend un appel de Singapour et si j'y vais en moto, je me retrouverai coincé.

Alex ne tenait nullement à revoir Odell – dont l'offre pour acheter le terrain de la bibliothèque lui restait sur le cœur –, mais il se voyait mal demander à Ricky Lee d'aller jusqu'à Lawton à cause d'une querelle de clocher.

— Bien sûr. Je cours tôt le matin, ensuite, je prends le petit-déjeuner avec Sam. De toute façon, Tillman n'ouvre qu'à dix heures. Retrouve-moi au *Danish Coffee Pot* un peu avant dix heures, d'accord ? Nous partirons de là.

— D'accord. Merci.

Alex fut alors frappé d'une idée – qui lui était déjà venue un peu plus tôt.

— Dis-moi, est-ce que tu préfèrerais que je t'appelle Lee ?

Ricky Lee se rembrunit.

— J'ai abandonné Ricky Lee en même temps que mon passé de métis comanche et de délinquant juvénile… selon l'opinion qu'avaient de moi les bonnes gens de Freeland. J'avais cru ne jamais les revoir. Mais en vérité, le passé reste toujours en soi… tu ne crois pas ? Quoi qu'il en soit, tu es un être à part à mes yeux, tu l'as toujours été. J'aime t'entendre m'appeler Ricky Lee. Comme avant…

Le silence qui retomba entre eux était moins pesant. Néanmoins, Alex ne comptait pas céder à son attraction pour Ricky Lee.

Il se releva et fit un pas vers la porte.

— À demain matin, alors.

Ricky Lee se redressa lui aussi.

— Merci pour la pizza, Alex, et merci de m'avoir écouté. Je te prouverai que je ne suis pas si méchant, tu verras.

En rentrant chez lui, Alex doutait toujours. Si Ricky Lee n'était pas « méchant », au sens littéral, il risquait tout de même de détruire sa vie.

De la plus délicieuse façon qui soit.

Chapitre quatorze

— **JE** ne sais pas, dit Sam, en remuant de la crème de son café. Si j'étais millionnaire, ça me gonflerait que tout le monde m'approche la main tendue.

— Il est convaincu que tous ici le considèrent toujours comme un délinquant. Et il considère que leur prouver le contraire serait en quelque sorte se rabaisser, parce que ça reviendrait à admettre que leur opinion compte à ses yeux. Du moins, c'est ce que j'ai compris.

Les deux amis parlaient bas pour ne pas être entendus des autres clients du restaurant.

— Hé, c'est son choix. Et quand il repartira, ça n'aura plus d'importance.

L'expression d'Alex dut le trahir, car Sam réagit avec la vitesse d'un matou se jetant sur une souris.

— Il envisage bien de retourner à Portland ? insista-t-elle.

— Bien sûr, c'est là-bas qu'il habite, mais quand… je ne sais pas. Il parle de louer une voiture pour que Crae ait un moyen de transport autre que la Harley, alors, je crois qu'il va rester encore un peu.

Sam ne cachait pas mieux ses sentiments qu'Alex : elle le prouva en souriant de toutes ses dents en entendant le nom de Crae.

— Tant mieux ! J'aurais d'autres occasions de m'entraîner avec Crae pendant que tu occuperas Ricky Lee.

— Je ne suis pas certain que ce soit une bonne idée. Je ne parle pas de Crae et toi, mais de Ricky Lee et moi. Sam, il repartira bientôt ! Le sachant, pourquoi serais-je assez idiot pour m'investir avec lui ?

— Je ne vois pas où le mal de baiser un homme magnifique. Franchement, Alex, depuis quand n'as-tu pas couché ?

Alex essaya de ne pas rougir.

— Depuis Katie. Et je ne vois pas en quoi ça te regarde.

— Nom d'un chien, tu es pire que moi ! Profites-en tant que tu l'as sous la main !

— Annonce-le à tout le monde pendant que tu y es !

Alex jeta un coup d'œil alentour, mais personne ne leur prêtait attention. Il respira un grand coup, puis reprit d'une voix plus calme :

— Je sais, c'est ce que je me dis aussi, mais j'ai peur que…

— Je ne vous dérange pas ?

Ricky Lee avait dû entrer juste après qu'Alex se soit retourné, parce qu'il n'était pas là une minute plus tôt. En principe, il ne pouvait deviner le sujet de leur conversation… Malgré tout, Alex devint ponceau.

— P-pas du tout, bredouilla-t-il. Assois-toi. Tu connais déjà Sam, tu l'as rencontrée l'autre soir, à la fête.

S'il espérait que Ricky Lee prendrait place à côté de Sam, il fut déçu. Ricky Lee tendit la main à Sam, puis s'assit près d'Alex. Ce dernier se pressa contre la paroi, mais il sentait néanmoins la chaleur corporelle de son voisin.

— Ricky Lee veut louer une voiture chez Tillman, expliqua-t-il à Sam. Je vais l'accompagner pour qu'il n'ait pas à abandonner sa Harley.

Tourné vers Ricky Lee, il ajouta à mi-voix :

— Sam est au courant pour *Polynomial software*. En fait, c'est elle qui me l'a appris.

— Je vois, grogna Ricky Lee, sans cacher son mécontentement. S'agit-il encore de tracasseries policières ?

— Mon enquête n'avait rien officiel, répondit-elle sèchement, mais Alex est mon ami. Et je tiens à lui. De toute façon, je n'en ai parlé qu'à lui. Je ne suis pas du genre à colporter des rumeurs.

— Et je n'ai rien dit non plus, intervint Alex. Pas même à Alaina.

À son grand soulagement, Ricky Lee se détendit. Il eut même un petit rire.

— J'aurais peut-être dû revenir incognito ! Je ne m'attendais pas à susciter un tel intérêt !

— Un homme avec votre look attire toujours l'attention, remarqua calmement Sam.

Au même moment, Birgit s'approcha de leur table, une cafetière et un menu à la main. Les assiettes d'Alex et de Sam étant vides, Ricky Lee refusa le menu.

— Juste un café, je vous prie.

Birgit remplit leurs tasses. Alex se tourna vers Ricky Lee :

— Si tu veux manger quelque chose, nous avons le temps avant que Tillman ouvre.

Avec un sourire, Ricky Lee refusa encore et sirota son café. Une fois Birgit passée à la table suivante, Ricky Lee s'adressa à Sam :

— C'est un trait qui reste à Alex des jours d'antan : à l'école, il cherchait toujours à me nourrir.

— Alex a beaucoup de cœur, répondit Sam, et vous étiez certainement plus maigre à l'époque. Je suis certaine qu'il apprécie grandement que vous vous soyez épaissi.

Sous la table, Alex lui envoya un coup de pied pour la faire taire avant qu'elle devienne encore plus scandaleuse. Sam ricana, puis elle regarda sa montre et se leva.

— Je dois retourner au poste. Ricky Lee, laissez-moi vous offrir ce café. Et soyez sages, tous les deux. Pas de bêtises !

Elle salua Alex d'un clin d'œil et s'approcha Birgit pour régler l'addition.

Alex secoua la tête

— Désolé, elle dit tout ce qui lui passe par la tête.

— Inutile de t'excuser, si tu voyais ce que Crae me fait parfois subir ! Bon, nous avons tous les deux des amis qui n'hésitent pas à nous embarrasser, c'est bon à savoir.

EN sortant du restaurant, Alex entraîna Ricky Lee jusqu'au parking, où il avait garé le pick-up au logo « Quincaillerie Morrison ».

— J'espère que ça ne te dérange pas que j'aie pris mon pick-up plutôt que ma voiture, j'ai une livraison à faire sur le chemin du retour.

— Alex, cesse de t'excuser. Je te rappelle que tu me rends service.

— Ce tacot a dix ans. Tu es sans doute habitué à des voitures plus luxueuses.

Alex s'apprêtait à mettre le contact quand Ricky Lee l'en empêcha en saisissant son poignet

— Tu arrêtes tout de suite ! Pendant trois ans après la mort de ma mère, mon père dépensait tout son argent en alcool et je vivais pratiquement de rien. Si j'étais maigre, c'était parce que je ne mangeais pas à ma faim, sauf quand j'étais invité chez tes parents, ou que je partageais tes paniers-repas à l'école. Sais-tu pourquoi mes jeans et mes tee-shirts étaient toujours noirs ? Les gens pensaient certainement que c'était pour me donner mauvais genre, mais en vérité, c'était les moins chers de Walmart. En plus, on n'y voyait pas les taches et j'avais moins souvent à les laver. Ce que j'ai actuellement ne m'a pas donné la grosse tête, je sais que rien n'est jamais acquis ou garanti. Et je ne regarde pas de haut ceux qui ont moins que moi. Ne crois pas que l'argent m'ait changé, d'accord ? Sois naturel avec moi !

Alex en vint à une conclusion embarrassante : d'une certaine façon, lui aussi venait de juger Ricky Lee sur les apparences, comme l'avaient toujours fait les gens de Freeland.

Gêné, il esquissa un sourire forcé.

— J'essaierai. Et si je dérape, rappelle-moi à l'ordre.

Il mit le pick-up en route et le court trajet jusque chez Tillman se fit en silence.

Le parking de *Tillman Motors* occupait l'emplacement mitoyen à la bibliothèque, au sud. Un immense drapeau américain trônait sur le dais au-dessus de la porte, la vitrine était constellée de publicités pour diverses marques automobiles américaines, des dizaines de voitures neuves s'alignaient dans la salle d'exposition et l'arrière du bâtiment était destiné à l'entretien et aux réparations. Les voitures d'occasion occupaient la moitié du parking. Près de la rue, plusieurs voitures neuves étaient présentées sur des rampes et deux danseuses gonflées à l'hélium de six mètres de haut agitaient les bras de chaque côté des portes de la salle d'exposition. De grandes banderoles annonçaient : « *Nous vous offrons les taxes de votre voiture neuve !!!* »

Alex se gara dans le parking destiné aux clients et coupa son moteur. Lui et Ricky Lee étaient à peine descendus du véhicule qu'un vendeur s'approchait d'eux, un sourire commercial au visage.

— Bienvenue chez *Tillman Motors* !

Alex le reconnut : Matt Skerring était une fois ou deux venu aider en tant que bénévole sur un autre chantier de la paroisse en début d'année.

— Salut, Matt.

— Salut, Alex ! Ça me fait plaisir de te revoir. Tu te décides enfin à acheter un véhicule neuf ?

— Non, Matt, pas aujourd'hui. Mais mon ami voudrait louer une voiture.

Matt tourna son sourire vers Ricky Lee.

— Bien sûr, je vais vous…

— Skerring ! cria une voix derrière eux.

Odell Tillman, qui sortait de la salle d'exposition, s'approchait d'eux à grands pas.

— Tiens, tiens, tiens, ricana-t-il, ce cher Alex Morrison ! Je pensais bien avoir reconnu ton vieux pick-up sur mon parking. Tu viens reconnaître ta défaite ?

Ricky Lee fit un pas en avant.

— Je suis venu louer une voiture. J'ai entendu dire que c'était ton rayon.

— Toujours flanqué de cet homo, Morrison ? persifla Odell. Fais attention, les gens vont commencer à se poser des questions sur toi.

Il toisa Ricky Lee et lança :

— T'es venu pour rien, j'ai rien à te louer.

Matt ouvrit la bouche :

— Mais…

D'un coup d'œil incendiaire, Odell le fit taire.

— Nous n'avons pas de voitures à louer, répéta-t-il, buté.

« … à quelqu'un comme toi » était sous-entendu.

Alex s'impatienta.

— Qu'est-ce que tu racontes, Odell ? Ton parking est plein de voitures !

— T'es bouché ou quoi, Morrison ? Tu veux que je te mette les points sur les i ? D'accord, alors, voilà : j'ai pas l'intention de louer mes voitures à un pédé, c'est assez clair, cette fois ?

Alex se hérissa, mais Ricky Lee le calma en posant une main sur son bras. Odell ricana avec dédain.

— Ouais, Morrison, à la niche ! lança-t-il. Va te cacher derrière le taré. Dire qu'on faisait tant de foin sur toi à l'école ! En fait, si tu marquais tes *touchdowns*, c'était uniquement grâce à la ligne offensive, toujours là pour rattraper tes conneries. Et quand on t'a laissé te débrouiller tout seul, t'as vu le résultat, hein ?

Ricky Lee intervint d'une voix glaciale.

— Tu étais autrefois une brute épaisse qui comptait sur sa force physique, Odell, rien n'a changé.

Il se tut quand un beau SUV vint se garer devant la concession. Une femme d'âge moyen en sortit et tendit un trousseau de clés à Matt Skerring. Ce dernier jeta un coup d'œil anxieux à Odell.

— Alors, Mme Whiting, comment avez-vous trouvé cette Lincoln ?

— C'est une très belle voiture, mais je crains qu'elle ne dépasse mon budget.

Ricky Lee sourit à cette franche réponse. Alex trouvait ce sourire bien plus attrayant que celui de Matt, si artificiel.

— N'avez-vous pas lu leur publicité, madame ? Ils vous offriront les taxes.

— Peu importe, je préfère m'en tenir à une bonne vieille Chevy.

— Dans ce cas, je l'achète.

D'une main preste, Ricky Lee récupéra le trousseau que Matt tenait toujours, puis il sortit son portable et appuya sur un bouton.

— Crae ? Fais-moi virer la somme de…

Il se pencha pour lire le prix indiqué sur le parebrise du SUV et l'annonça à haute voix.

— L'ordre ? enchaîna-t-il. *Tillman Motors*. Oui, je t'achète une voiture. Tu pourrais être reconnaissant, ce serait la moindre des choses.

Il raccrocha, remit son portable dans la poche de son jean et déclara :

— J'espère que vous aurez une belle commission sur cette vente, Matt. Quant à toi, Odell, j'aimerais pouvoir te dire que ce fut un plaisir, mais je mentirais.

Bouche bée, Alex regarda Ricky Lee se glisser derrière le volant de la Lincoln, claquer la portière et démarrer sur les chapeaux de roues.

Odell paraissait au bord de l'apoplexie.

— Skerring ! Ne reste pas planté là, espèce d'idiot ! Appelle la police !

Matt semblait sous le choc, comme s'il ne comprenait pas ce qui venait de se passer.

— Mais, M. Tillman…

Jurant comme un charretier, Odell sortit son portable et composa le 911.

— Ici Odell Tillman de *Tillman Motors*. Je veux déclarer un vol… oui, on vient de me voler un véhicule.

ÉCARTELÉ entre l'effroi et l'hilarité, Alex courut jusqu'à son pick-up et démarra le plus vite possible. Il espérait rattraper Ricky Lee avant la police. Moins de deux kilomètres plus loin, il repéra une voiture de patrouille, toutes sirènes clignotantes, garée derrière la Lincoln le long du trottoir. En s'approchant, il fut rassuré de constater qu'il s'agissait de Sam. D'un geste, elle demanda à Ricky Lee de sortir du SUV. Alex se gara derrière eux, descendit à la hâte et se précipita pour les rejoindre.

— Je vous avais recommandé de ne pas faire de bêtises. Qu'avez-vous encore inventé Ricky Lee ? Pourquoi Odell prétend-il que vous lui avez volé cette voiture ?

— Il ne l'a pas volée, Sam ! s'empressa de déclarer Alex. Je l'ai entendu demander à Crae de faire un virement à *Tillman Motors*.

Ricky Lee intervint :

— J'aurais sans doute pu en discuter le prix, mais au moins, ils m'ont offert les taxes.

Son téléphone émit un « *bip* », il le sortit pour vérifier son texto.

— C'est Crae, annonça-t-il. Le virement est bien passé.

Sam secoua la tête.

— D'accord, vous avez payé cette Lincoln, mais avant de filer avec un véhicule neuf, vous êtes censé remplir un dossier. Bien, suivez-moi, nous allons tout mettre en ordre avant qu'Odell insiste pour vous faire jeter en prison.

Chapitre quinze

QUAND ils retournèrent chez *Tillman Motors*, une autre voiture de police était garée devant la salle d'exposition et Odell s'entretenait avec Greg Hankins, le policier qui avait contrôlé Ricky Lee le jour de son retour à Freeland. Alex, Ricky Lee et Sam s'arrêtèrent en file indienne derrière Hankins.

— Pourquoi n'est-il pas menotté ? demanda Odell en voyant Ricky Lee sortir de la Lincoln.

Hankins fit un pas en avant, la main à sa ceinture, prêt à sortir son arme. Sam le calma d'un geste.

— Voyons, M. Tillman, il n'aurait pas pu conduire avec des menottes. De plus, cette voiture a été payée, le virement est bel et bien arrivé sur votre compte.

— Sûrement pas ! Comment une petite frappe aurait-elle plus de quarante mille des dollars à dépenser ?

— De toute façon, filer comme ça, c'est pas légal, grogna Hankins assez fort pour être entendu d'Alex.

Ce dernier voulut prendre la défense de Ricky Lee, mais Sam fut plus rapide :

— J'ai vérifié le transfert de fonds, coupa-t-elle. Vous n'avez qu'à regarder vos comptes, M. Tillman pour voir que vous avez bien été crédité. Sinon, je peux vous transmettre une copie du reçu. M. Jennings n'a pas volé votre véhicule, il l'a acheté.

— Ouais, ben je voulais rien lui vendre ! C'était un modèle tout récent, descendu hier soir du camion. Il a même pas passé l'entretien concessionnaire. J'insiste pour que vous arrêtiez cet individu !

— Nous le pourrions, mais je doute que le procureur de Lawton apprécie d'être dérangé pour rien. Bien sûr, vous êtes libre de déposer plainte contre lui, mais vous passeriez des mois, sinon des années, en procès et vos avocats vous reviendraient bien plus que votre commission sur cette voiture. Voyons, soyez raisonnable, ajouta Sam en écartant les mains, signez un contrat de vente en bonne et due forme et oubliez ce petit malentendu avec M. Jennings, d'accord ? Il vous a payé ce véhicule sans demander de ristourne, c'est plus que ce qu'auraient fait les gens de Freeland, si vous voulez mon avis.

En voyant la tête que tirait Odell, Alex s'attendait à le voir refuser, mais apparemment, l'appât du gain était plus fort que sa vindicte. Pour le moment, du moins.

Du pouce, Odell désigna la salle d'exposition

— Skerring ! cria-t-il. Emmène-le à l'intérieur, fais-lui remplir un contrat et demande à Hicks de vérifier la voiture.

Reportant son attention sur Alex, il aboya :

— Après ça, je ne veux plus jamais te voir chez moi, Morrison, et *lui* non plus !

— Hicks n'est pas encore arrivé, M. Tillman.

— Je n'ai pas besoin que cette voiture passe le contrôle concessionnaire, Odell, jeta Ricky Lee, désinvolte. Elle me va très bien comme ça.

Alex regardait à tour de rôle Hankins, Sam et Ricky Lee, hésitant à intervenir, même s'il savait ne rien pouvoir faire pour désamorcer la situation. Dans tous les cas, il refusait de s'en aller.

— Merci de m'avoir accompagné jusqu'ici, Alex, déclara Ricky Lee avec un sourire. Peut-être aurons-nous encore l'occasion de déjeuner ensemble avant mon départ. Je t'inviterai, je te dois bien ça.

D'une bourrade sur l'épaule d'un Matt Skerring encore sidéré, Ricky Lee le poussa vers la salle d'exposition. Odell les regarda s'éloigner d'un œil mauvais, puis il tourna les talons et partit vers l'atelier, derrière le bâtiment.

Sam secoua la tête tandis qu'elle et Alex retournaient vers leurs véhicules. Devant eux, Hankins coupa ses feux clignotants sur le toit de sa voiture de patrouille et démarra si brutalement qu'il laissa des traces de pneus sur le macadam, comme Ricky Lee l'avait fait un moment plus tôt.

Alex s'arrêta à la portière de son pick-up, mais sans y monter. Il tapota le logo « Quincaillerie Morrison ».

— C'est peut-être d'avoir vu ça qui a mis Odell tellement en colère. Il n'apprécie pas du tout que je m'oppose à son offre d'achat concernant le terrain de la bibliothèque. Merci de ton intervention, Sam.

Elle ouvrit sa portière et s'installa derrière son volant

— Si tu veux mon avis, Ricky Lee aurait réussi tout seul à énerver Odell. Et maintenant, après l'humiliation qu'il vient de subir, Odell doit être encore plus furieux. Il va chercher à se venger, j'en suis certaine. Dis à Ricky Lee de faire bien attention.

Alex soupira.

— Oh, il en a l'habitude.

ALAINA trépignait presque de curiosité quand Alex retourna à la quincaillerie après avoir livré des carreaux sur un chantier – l'association des Amis de la Bible de Freeland envisageait de bâtir une maison communautaire et, bien entendu, les bénévoles étaient à nouveau réclamés.

— J'ai entendu dire que Ricky Lee avait volé une voiture chez *Tillman Motors* et qu'il allait se faire arrêter ! s'écria-t-elle à peine Alex entré.

Il ne fallait jamais sous-estimer la rapidité avec laquelle les pires rumeurs se propageaient, Alex le savait, mais il ne put s'empêcher de demander :

— Comment diable peux-tu déjà être au courant ?

— Justin était au téléphone avec Chris, du service après-vente de chez *Tillman,* quand c'est arrivé. Ricky Lee a-t-il vraiment brutalisé Matt Skerring pour lui arracher les clés ?

— Bien sûr que non ! protesta Alex. En plus, il avait payé la voiture avant de quitter le parking d'Odell.

Pourtant, l'histoire du vol courait déjà et elle ne ferait qu'empirer au fil des heures. D'ici la fin de la journée, Alex ne serait pas surpris d'entendre dire que Ricky Lee avait sorti une arme pour voler la voiture.

Il se frotta les yeux.

— Il est presque treize heures. Je me charge du magasin, si tu veux aller déjeuner.

Alaina secoua la tête.

— Non, merci. Justin et moi irons chercher des plats chinois quand nous sortirons tous les deux. Explique-moi plutôt pourquoi Odell a appelé la police si Ricky Lee avait payé la voiture ?

Alex fut obligé de tout raconter, tout en s'offusquant qu'Alaina trouve l'incident hautement comique.

— Waouh ! Odell doit être vert ! J'aurais aimé être là ! Mais comment Ricky Lee a-t-il autant d'argent à sa disposition ?

Alaina ne serait pas la seule à poser cette question quand l'histoire se propagerait. Alex n'eut pas le temps de chercher une réponse, son téléphone émit un « *bip* » annonçant un texto.

Contrat signé. Je t'attends au Coffee Pot pour déjeuner, d'accord ?

Il lui fallut une minute pour réaliser comment Ricky Lee connaissait son numéro de portable : il avait dû l'enregistrer la veille, après le coup de fil d'Alex.

— C'est Ricky Lee ? demanda Alaina avec un sourire. Félicite-le de ma part.

Alex tapa sa réponse :

Je serai là dans un quart d'heure.

QUAND il arriva au *Danish Coffee Pot*, Ricky Lee était déjà installé dans le box qu'Alex et Sam prenaient toujours pour leur petit-déjeuner ensemble, là où il les

avait rejoints… *à peine trois heures plus tôt*, réalisa
Alex, sidéré.

Il se glissa sur la banquette en face de Ricky Lee
et secoua la tête.

— J'ai encore du mal à croire que tu aies fait ça !

— Si je n'avais pas fichu le camp très vite, j'aurais
assommé ce gros con. Du coup, je lui aurais donné une
vraie raison pour me faire arrêter.

Birgit se précipita pour leur apporter les menus.
Avant de les poser sur la table, elle dévisagea Ricky Lee.

— J'espère que vous ne comptez pas créer de
grabuge dans mon restaurant.

— Non, répondit-il avec un sourire, sauf si j'attends
trop longtemps mon hamburger.

Ce sourire fit rougir Birgit.

— Oh !

— Je plaisantais, s'empressa-t-il de dire. Alex
m'a affirmé que vous êtes la meilleure cuisinière de
Freeland, je ne veux certainement pas vous causer
d'ennuis.

Alex ouvrit de grands yeux pendant que Birgit,
visiblement sous le charme, prenait la commande de
Ricky Lee. Quand elle se tourna vers lui, il secoua
la tête.

— Je n'ai pas faim, désolé. J'ai pris mon petit-
déjeuner assez tard…

En vérité, il était trop ébranlé par les événements
du matin pour pouvoir avaler quoi que ce soit. Son
estomac contracté ne l'aurait pas supporté. Birgit
tourna les talons et retourna en cuisine.

Alex se pencha et reprit la conversation :

— Je ne pense pas que tu réalises ce que tu as fait
ce matin. La rumeur se répand déjà, du style *Fast and
Furious*. Tu as vu la réaction de Birgit !

— Et tu as vu que je n'ai pas eu trop de mal à la retourner. Tu t'inquiètes trop, Alex.

— Et toi, pas assez ! Les gens se demandent déjà comment tu peux payer cash un SUV de luxe. Je pensais, continua-t-il en baissant la voix, que tu préférerais rester discret sur ta fortune.

Ricky Lee se pencha sur la table.

— Je n'ai pas l'intention d'en parler, confirma-t-il. Les gens croiront ce qu'ils voudront, je m'en contrefous.

— Je pense que ça te plaît qu'ils pensent le pire de toi.

— Ça vient très naturellement aux gens de Freeland, je n'ai pas à faire beaucoup d'efforts.

Birgit apporta à Ricky Lee un verre de thé glacé et un hamburger-frites. Dès que son assiette fut posée devant lui, il y goûta.

— Délicieux. Alex avait raison.

Birgit lui sourit, puis s'éloigna.

Ricky Lee grignota une frite croustillante.

— Tu vois ? Elle, au moins, est de mon côté.

— J'abandonne. Tu ne tiendras jamais compte de mes conseils. Je n'ai aucune influence sur toi.

— C'est faux. Tu as eu sur ma vie la meilleure influence qui soit.

Alex s'apprêtait à contester cette assertion lorsqu'il remarqua que le brouhaha ambiant s'arrêtait net. Il leva les yeux. Comme tous les autres clients, il regarda le chef de la police de Freeland, Bert Cowart, traverser la salle et approcher de leur box. Une fois devant eux, le quinquagénaire se pencha et posa les paumes sur le bord de la table.

— Je ne veux pas d'un vaurien dans ton genre dans ma ville, jeta-t-il sèchement à Ricky Lee. Quand tu étais gamin, tu n'as causé que des problèmes, je refuse de te laisser recommencer à perturber mes concitoyens.

Ricky Lee croqua une autre frite avant de répondre.

— Mais je n'ai rien fait d'illégal, chef, vous ne pouvez rien contre moi

Le chef Cowart devint ponceau.

— Continue à faire le mariole, mon gars, rira bien qui rira le dernier. Je sais que tu mijotes un mauvais coup, je te surveille. Tu devrais filer d'ici avant que je trouve une raison valide de te flanquer en prison.

— Non, merci. Je n'ai pas l'intention de quitter la ville avant de l'avoir décidé.

— Où as-tu trouvé l'argent que tu as dépensé ce matin ? demanda Cowart.

Alex était à bout.

— Il est…

Ricky Lee l'interrompit froidement :

— Ça ne vous regarde pas, chef. Pourriez-vous me laisser déjeuner en paix, je vous prie ?

Cowart se redressa et fusilla Ricky Lee d'un regard menaçant.

— Donne-moi le moindre prétexte et tu te retrouveras au trou avant même de comprendre ce qui s'est passé.

Il tourna les talons et quitta le restaurant d'un pas rageur. Un moment durant, tous les yeux restèrent fixés sur Alex et Ricky Lee, puis, peu à peu, les conversations reprirent – sur ce qui venait de se passer, très certainement.

Ricky Lee se remit calmement à manger son hamburger. Alex, quant à lui, était une boule de nerfs.

— Comment peux-tu le laisser te parler comme ça ?

Ricky Lee écarta son assiette vide et secoua la tête.

— Il l'a toujours fait depuis aussi longtemps que je le connais. Même si je lui avais dit gagner quarante mille dollars en une petite semaine rien que sur mes dividendes d'actions, il ne m'aurait pas cru. Tant que toi et moi savons la vérité, son opinion n'a aucune importance.

Sans laisser à Alex le temps de répondre, Ricky Lee sourit et ajouta :

— Hé, assez parlé du chef Cowart. Je préférerais discuter de nos projets pour demain soir. J'ai envie de dîner avec toi, Alex.

Bien qu'agacé de constater que Ricky Lee ne prenait pas la situation suffisamment au sérieux, Alex regretta de ne pouvoir accepter.

— J'aurais bien aimé, reconnut-il, mais je travaille demain soir.

— Ah ? Ne m'avais-tu pas dit qu'Alaina fermait la quincaillerie le mercredi ?

— Normalement, oui, mais j'ai changé avec elle un jour de cette semaine, car je vais à Oklahoma City vendredi.

— Pourquoi ?

— Avant que mon père tombe malade, expliqua Alex, je travaillais pour un lobby appelé *Oklahoma Climate Advocates*. Actuellement, je continue à faire avec eux du bénévolat pour des causes qui me tiennent à cœur. Vendredi, nous organisons sur les marches du Capitole un stand d'information pour sensibiliser les gens et demander l'interdiction définitive du *fracking* dans notre État. Les impacts à moyen et long terme de la fracturation profonde sont dangereux pour l'environnement.

— Ça semble intéressant, déclara Ricky Lee. Je viens avec toi.

Surpris, Alex ne put retenir un petit rire.

— Que sais-tu du *fracking* ?

— Je ne pense pas que l'Oregon le pratique, mais je sais que c'est une méthode d'extraction de pétrole ou de gaz naturel par injection dans le sol de liquide à haute pression. J'ai effectivement entendu dire que ça risquait d'augmenter la fréquence et l'importance des tremblements de terre. J'en saurai plus d'ici vendredi, affirma-t-il avec un sourire, après avoir trouvé de la documentation à lire. Je reste ici pour passer du temps avec toi, Alex. Pour ça, je suis prêt à aller jusqu'à Oklahoma City, à brandir une banderole et à distribuer des flyers. Tout ce que tu veux.

— Si tu parles sérieusement, ta compagnie me ferait très plaisir.

— Super ! Nous irons en Harley.

Dans n'importe quelle autre circonstance, Alex aurait accepté.

— Non, dit-il à regret. Je dois penser à mon image. Arriver échevelé risquerait de ne pas faire très sérieux.

— Et tu tiens beaucoup aux apparences.

Alex n'était pas certain d'apprécier le commentaire ou le ton de Ricky Lee, mais il ne pouvait pas nier la vérité, en particulier dans ce cas précis.

— Oui, je prendrai ma voiture. Je passerai te chercher à l'hôtel vendredi matin.

Le sourire de Ricky Lee se fit calculateur.

— D'accord. Mais pas question que j'attende jusqu'à vendredi pour te revoir. Sais-tu où je peux acheter des chaussures de sport ?

Chapitre seize

MERCREDI matin, il faisait encore exceptionnellement chaud pour la saison, comme toute la semaine passée. Alex n'était pas certain que Ricky Lee viendrait courir avec lui, mais alors qu'il attachait ses Asics, un « *bip* » de son téléphone l'avertit de l'arrivée d'un texto.

Je t'attends en bas de chez toi.

Il s'empressa de répondre :

Je suis prêt. Je descends.

Comme d'habitude, Buck dévala l'escalier le premier. À peine Alex eut-il ouvert la porte que le chien se jetait sur Ricky Lee pour lui faire fête. Alex en profita pour admirer Ricky Lee : sa tenue de sport, short court et tee-shirt sans manches, moulait une solide poitrine et dénudait de longs membres lisses et bien musclés.

— Je n'ai pas eu beaucoup de choix au Walmart local, annonça Ricky Lee.

D'un genou levé, il empêchait Buck de tenter de le renverser. Le chien finit par renoncer et retomba sur ses pattes, la queue frétillante. Ricky Lee l'en récompensa d'une caresse derrière les oreilles. En relevant la tête, il nota où se portait le regard d'Alex. Ce dernier s'empourpra, conscient d'avoir été surpris en flagrant délit.

— Buck se calmera dès que nous commencerons à courir, déclara Alex. Je l'espère en tout cas. Tu devrais t'étirer un peu avant de partir. Je l'ai déjà fait dans ma chambre.

— Inutile, je m'étire tous les matins en me levant, c'est une routine de *muay-thaï*.

En imaginant Ricky Lee exécuter les sauts acrobatiques et les souples mouvements dont Crae leur avait fait la démonstration la nuit de la fête à Freeland Hill, Alex sentit naître une érection : son boxer devint nettement trop serré.

— Allons-y, alors, décida-t-il.

S'il avait eu des doutes sur la capacité de Ricky Lee à le suivre, il les perdit pendant le premier kilomètre. Tenir une conversation leur était impossible, aussi coururent-ils en silence jusqu'à la pause habituelle, à mi-trajet. Ricky Lee respirait à peine plus fort que d'ordinaire, mais l'avant de son tee-shirt était humide de sueur.

— J'aurais dû penser à apporter de l'eau, déclara Alex avec regret. Je le fais en été, quand il fait vraiment chaud. En temps normal, le temps est bien plus frais à cette époque de l'année.

— Ne t'inquiète pas. Je transpire bien plus quand je m'exerce avec Crae. Je boirai en rentrant, je ne risque pas de me déshydrater d'ici là.

Alex avait craint de trouver gênant de courir avec Ricky Lee. Au contraire, ce fut étonnamment apaisant. Au lieu de ressasser ses idées, comme il le faisait d'habitude, il écoutait les pas de Ricky Lee faire écho aux siens, savourait la solide présence à ses côtés et jetait de furtifs coups d'œil pour admirer sa longue silhouette. En fait, la situation lui paraissait si normale qu'il dut se forcer à repousser une perspective troublante : il risquait de se sentir si seul une fois Ricky Lee retourné chez lui !

Quand ils arrivèrent devant la quincaillerie, le tee-shirt d'Alex était aussi trempé que celui de Ricky Lee. Buck était le seul qui semblait prêt à continuer.

— Je t'offrirais volontiers un petit-déjeuner au *Coffee Pot*, déclara Ricky Lee, mais dans un état pareil, Birgit aurait une bonne raison pour refuser de m'accepter chez elle. Je vais donc rentrer à l'hôtel. On se voit demain à la même heure ?

Sur ce, il récupéra son casque et enfourna sa Harley.

La gorge sèche, Alex déglutit avec un hochement de tête.

— Oui, bien sûr.

Le moteur de la moto rugit. Peu après, Alex regardait Ricky Lee disparaître au bout de la rue. Avec un soupir, il tourna les talons et remonta chez lui.

Il avait bien besoin d'une bonne douche froide.

JEUDI matin, en revenant de leur footing matinal, Alex envisageait sérieusement de proposer à Ricky

Lee de se doucher chez lui, à l'étage. *Je pourrais lui prêter des vêtements, mais ils risquent d'être un peu justes* – et envisager Ricky Lee dans des vêtements trop serrés, hmm, n'était-ce pas là une idée intéressante, presque autant que de l'imaginer nu sous sa douche ? Au moment où il se voyait rejoindre son invité sous le jet, Alex secoua la tête pour bannir ce fantasme bien trop tentant.

Il n'était quand même pas tenu de laisser Ricky Lee s'en aller aussi vite.

Alors que tous deux reprenaient leur souffle devant la quincaillerie, il proposa :

— Ça te dit de prendre un petit-déjeuner avec moi ce matin ? Une fois que nous nous aurons fait un brin de toilette, bien sûr.

Ricky Lee secoua la tête.

— Non, j'ai des appels à passer puisque je m'absente demain toute la journée. De plus, Crae est ce matin avec ton amie Sam, il est censé lui montrer les bases du *muay-thaï*.

Intéressant, pensa Alex. Et Sam s'était bien gardée de le mentionner. Il garda l'info en mémoire pour s'en servir plus tard, à toutes fins utiles.

— Bon, alors, je passe te chercher à l'hôtel demain à sept heures. Nous pourrons déjeuner au *Coffee Pot* avant de prendre la route.

Déjà sur sa Harley, Ricky Lee se retourna :

— Comment dois-je m'habiller ? Y a-t-il un code vestimentaire pour ce genre d'événement ?

— J'aurai un costume puisqu'il m'arrive de m'adresser à des représentants du gouvernement, mais toi, tu n'y es pas tenu.

— Je ne suis pas militant, je te l'accorde, mais j'ai l'habitude de faire entendre mes opinions envers et contre tous. À demain.

Il enfila son casque, démarra sa moto et s'engagea dans la circulation, déjà fort encombrée en ce début de journée.

LE reste de la journée fut étonnamment occupé, d'autant plus qu'Alaina disparut plus tôt que d'habitude. Alex ne pouvait lui en vouloir, sachant qu'elle tiendrait seule la quincaillerie toute la journée du lendemain. D'ailleurs, le temps passait plus vite quand des clients réclamaient son attention que quand il restait seul à se demander combien de temps encore il pouvait espérer retenir l'intérêt de Ricky Lee. Quand il ferma la quincaillerie et monta à l'étage, en fin de soirée, Alaina était déjà rentrée. À son expression béate et satisfaite, Alex la soupçonna d'avoir fait plus avec son copain que simplement dîner et aller au cinéma.

Vendredi matin, il se réveilla avant la sonnerie de son alarme. Il n'avait pas le temps d'aller courir, car il lui faudrait presque deux heures pour atteindre OKC et il tenait à y arriver assez tôt pour profiter d'une journée complète avant que les législateurs disparaissent pour le week-end.

Après une douche rapide, il revêtit un des costumes qu'il gardait de ses années dans les affaires, puis sortit de sa chambre et se rendit dans la cuisine. Il y trouva Alaina occupée à manger un yaourt.

— J'ignore à quelle heure je rentrerai ce soir, Lan. Peut-être déciderons-nous de dîner sur la route.

— Ne t'inquiète pas, répondit-elle avec un sourire. Je serai avec Justin.

Du coup, Alex se demanda s'il ne devait pas veiller à donner plus de temps à sa sœur pour vivre sa romance avec Justin. Il se baissa et embrassa Alaina sur la joue, puis caressa Buck au passage. Le chien voulut le suivre dans l'escalier, Alex l'en empêcha.

Une fois en bas, il ignora le pick-up de la quincaillerie garé dans la rue, contourna le bâtiment jusqu'au garage, au fond de la propriété, et en ouvrit la porte.

— Bonjour, bébé, roucoula-t-il en entrant. Je t'emmène faire de la route aujourd'hui.

La voiture était vintage, une Dodge Challenger V8 Hemi 426 (7 litres) que son père avait achetée neuve en 1970.

Le moteur en s'allumant émit un sourd grondement qui secoua la carrosserie. Alex descendit les vitres avant et quitta le garage pour s'engager dans la rue, le vent lui ébouriffant les cheveux. Quand il arriva devant l'hôtel de Ricky Lee, l'excitation qu'il ressentait chaque fois qu'il conduisait la Challenger le faisait chanter à tue-tête les paroles de la chanson de Bruce Springsteen qui passait à la radio.

Ricky Lee l'attendait devant le hall de l'hôtel, à la fois décontracté et élégant dans son pantalon kaki et sa chemise blanche.

Alex dut klaxonner pour attirer son attention.

— Je t'emmène ?

Ricky Lee se glissa dans le siège du passager

— Merde ! dit-il plein d'émerveillement. Tu l'as toujours.

— Qui se débarrasserait d'une voiture pareille ? Je n'ai pas oublié combien mon père la chouchoutait toujours. Dire que je n'ai pas apprécié son cadeau à sa juste valeur quand il me l'a donnée durant ma dernière

année à l'université ! Je la trouvais juste… vieille.
Maintenant, j'ai l'âge d'aimer le classique.

— J'attendais ton pick-up.

— Je l'utilise pour les livraisons, c'est plus facile,
mais chaque fois que j'ai de la route à faire, je sors ma
beauté.

Ricky Lee caressa le tableau de bord.

— Je ressens la même chose pour ma Harley.

En quittant le parking de l'hôtel, Alex se rendit au
Danish Coffee Pot et se gara devant le restaurant.

— Nous mangerons en salle, annonça Ricky Lee.
Ce serait un péché de laisser des miettes dans cette
voiture. C'est bon ? Tu as le temps ?

— Je devrais surveiller ma vitesse, admit Alex en
entrant. Comme toujours. Avec cette voiture, taillée
pour la course, je me fais souvent contrôler.

Il était encore tôt, aussi les clients étaient-ils plutôt
rares. Ils furent servis rapidement. Moins d'une demi-
heure plus tard, Alex prenait la rampe d'accès pour
s'engager sur l'I-44, surnommé « l'autoroute Bailey ».

Ils roulèrent un moment dans un silence que
troublait seulement le grondement régulier du
moteur hemi.

En atteignant Lawton, Alex demanda :

— Alors, as-tu pu passer tous tes appels hier ? Les
affaires vont bien ?

Il réalisa soudain qu'il ignorait en quoi consistaient
les « affaires » de Ricky Lee.

— Oui, et Crae s'occupera de tout aujourd'hui.
Notre équipe de développement travaille actuellement
pour adapter le logiciel GameFit à une nouvelle
interface de RV – *réalité virtuelle* – et les tests finaux
ne vont pas tarder.

— Ça semble compliqué.

— Ça l'est. Ça représente des centaines de lignes de codes et d'essais continuels pour que tous les bugs soient repérés et traités avant que le produit soit considéré comme prêt. Ensuite, nous devons envisager toutes les configurations possibles que pourrait vouloir un utilisateur. C'est assez fastidieux.

Alex secoua la tête.

— Si tu veux mon avis, tout travail a des côtés fastidieux, mais voir un projet prendre forme doit être excitant. Au fait, d'où t'es venue l'idée de départ ?

— D'un travail pour un cours de programmation : je devais décrire le plan de développement d'un nouveau logiciel. Mon coloc de l'époque passait autant de temps à jouer en ligne qu'à étudier, et jamais il ne faisait le moindre sport, alors je me suis dit que j'allais créer un logiciel qui l'aiderait à se bouger. Jerry a accepté de me servir de cobaye, mais il a continué à utiliser mon logiciel ensuite. Et là, j'ai su que j'avais quelque chose.

Le trajet jusqu'à Oklahoma City passa à toute allure pendant que Ricky Lee décrivait comment GameFit était passé de prototype à une licence valant de plusieurs millions de dollars, et expliquait la façon dont *Polynomial Software* évoluait depuis lors.

En arrivant à l'endroit où il était attendu dans la capitale, Alex se mit à chercher une place. Ricky Lee éclata de rire.

— Tu dois regretter que j'aie tenu à t'accompagner ! J'oublie facilement que tout le monde ne se passionne pas autant que moi pour la conception de logiciels.

— Attends que je m'emballe sur la fréquence des tremblements de terre et les risques de contamination des eaux souterraines devant un douzième représentant gouvernemental complètement apathique, répondit

Alex avec un sourire. Tu regretteras de ne pas être resté tranquillement à l'hôtel vérifier tes tests !

À sa grande surprise, il découvrit que Ricky Lee avait effectivement creusé la question concernant le *fracking*. S'il laissa Alex et ses anciens collègues de l'OCA discuter avec les législateurs et autres visiteurs du Capitole, il sut répondre aux questions des passants auxquels il tendait des flyers. Ses connaissances sur la question étaient des plus impressionnantes.

En fin de journée, Alex reconnut être dans une merde noire : Ricky Lee n'était pas simplement un homme à la beauté dévastatrice, il était aussi intelligent et d'esprit curieux. Alex avait du mal à se souvenir des conseils de prudence qu'il s'était serinés pour éviter de s'impliquer dans une relation sans issue.

Quand les deux hommes retournèrent à la Challenger, Ricky Lee demanda :

— Tu me laisses le volant ?

Alex ne se sentit pas le cœur de refuser, conscient que Ricky Lee prendrait autant de plaisir que lui à conduire une voiture aussi puissante. Il jeta les clés à Ricky Lee et fit le tour pour monter côté passager. Il décida aussi de lui indiquer la route à suivre, car Ricky Lee ne connaissait sûrement pas bien OKC.

— Prends à droite au prochain feu, indiqua-t-il. Tu tomberas dans la 235. De là, tu retrouveras l'I-40 qui nous conduira jusqu'à l'I-44.

Ricky Lee fit rugir le moteur et quitta le parking dans un grincement de pneus.

— Non, Alex, annonça-t-il. Nous ne retournerons pas à Freeland. Je t'enlève.

Chapitre dix-sept

ALEX éclata de rire.

— Tu m'enlèves ? Ben voyons ! Comme si j'avais de quoi payer une rançon !

Ricky Lee affichait un sourire prédateur.

— Tu sembles présumer que je compte te libérer.

Sans tenir compte des indications qu'Alex avait suggérées, Ricky Lee continua tout droit une fois le feu passé au vert, s'engageant sur Lincoln Avenue.

Il enchaîna :

— Tu passes tout ton temps à travailler et à faire du bénévolat, Alex, tu ne penses jamais à t'amuser. J'ai décidé que ce week-end, ça allait changer.

— C'est pour ça que tu me kidnappes ?

Alex ne pensa même pas à souligner qu'en l'absence de Ricky Lee, avoir du temps libre ne l'intéressait pas : qu'en aurait-il fait ?

— Exactement. Tu es à moi pour les quarante-huit heures à venir. Si tu te montres très… persuasif, je te ramènerai peut-être à Freeland dimanche soir.

Alex fantasmait déjà sur ce qu'il pourrait faire pour être *persuasif*, son cerveau bouillonnant d'idées qui lui mettaient le bas-ventre en émoi. Malgré tout, il se sentit tenu de protester :

— Je ne peux pas disparaître pendant deux jours ! La quincaillerie…

— J'ai tout arrangé. N'y pense plus.

Brusquement, Alex devina ce que cachait le sourire matinal d'Alaina.

— Si je comprends bien, ma sœur est ta complice ?

— Disons plutôt que nous avons conspiré ensemble.

Ricky Lee prit le pont qui enjambait la 235, puis tourna à droite sur Sheridan. Deux rues plus loin, il ralentit devant un bâtiment qui de toute évidence était une ancienne usine réaffectée. D'ailleurs, « Fred Jones Mfg. Co. » était encore écrit sur les briques apparentes au-dessus des fenêtres du rez-de-chaussée.

À peine Ricky Lee avait-il coupé le moteur de la Challenger qu'un voiturier apparut pour lui ouvrir la portière

— Bienvenue au 21c Museum, déclara-t-il. Que comptez-vous faire, messieurs, dîner ou réserver une chambre ?

— Nous prenons une chambre. Alex, je peux laisser la voiture ?

Du regard, Ricky Lee consulta Alex, le trousseau de la Challenger au bout des doigts.

Encore sidéré par cette situation à laquelle il ne s'attendait nullement, Alex mit quelques secondes à comprendre que la question ne portait pas sur des frais supplémentaires.

— Euh, oui. Bien sûr. J'espère juste qu'on la traitera avec soin.

Ricky Lee jeta le trousseau au voiturier.

— Bien entendu, monsieur, confirma ce dernier. Je vais sortir vos bagages et les faire monter dans votre chambre.

— Nous n'avons pas de…

Alex cessa de parler en voyant le valet ouvrir le coffre et en sortir un sac et une valise qu'il reconnut pour lui appartenir.

— Ma co-conspiratrice a été très minutieuse, fit remarquer Ricky Lee avec un sourire.

Il récupéra le ticket de la voiture et tendit au valet un billet plié en deux, puis, empoignant Alex par le bras, il le dirigea vers l'entrée principale.

Dans le hall, lumineux et ouvert, ils passèrent sous un arbre métallique sculpté qui projetait une brume d'eau jusqu'au haut plafond blanc.

— C'était autrefois une usine qui fabriquait des Ford T, expliqua Ricky Lee. Depuis lors, ça a été transformé en hôtel et en galerie d'art moderne.

— Je croyais que tu n'étais jamais revenu en Oklahoma depuis que tu es entré à l'université à Portland.

— C'est exact. J'ai appris tout ça sur Internet quand j'ai cherché un hôtel sympa à OKC.

À la réception, Ricky Lee donna son nom à la jeune femme derrière le comptoir.

— Voulez-vous réserver une table pour dîner dans notre restaurant, le *Mary Eddy* ? proposa-t-elle.

— Nous avons prévu autre chose ce soir, mais nous irons volontiers y prendre un brunch demain.

La réceptionniste ne tiqua nullement sur le « nous » qu'employait Ricky Lee. *Ici, un couple gay ne choque personne*, comprit Alex.

Leur dossier une fois à jour, la réceptionniste leur tendit deux clés.

— Bon séjour, messieurs.

L'ascenseur était incroyable, à la fois sophistiqué et très moderne. Ricky Lee appuya sur le chiffre 4.

— Qu'avons-nous de prévu ce soir ? demanda Alex une fois les portes fermées.

Il n'était pas certain d'avoir envie de ressortir et de quitter leur chambre.

En voyant Ricky Lee lever un sourcil, Alex se demanda s'il avait lu sa pensée.

— Nous avons le temps de faire un brin de toilette avant de sortir.

L'ascenseur s'arrêta sans bruit. Le couloir était décoré de flèches aux néons et d'œuvres d'art moderne très éclectiques. Ricky Lee utilisa une des clés pour ouvrir la porte, révélant une grande suite spacieuse. La fenêtre immense et encadrée d'acier occupait tout un mur, du sol au plafond haut. L'ameublement était élégant et moderne, d'autres œuvres d'art – apparemment originales – s'éparpillaient ici et là, mais Alex ne vit que le grand lit sur une plate-forme, la couette vaporeuse, les oreillers gonflés. C'était là qu'il dormirait ce soir avec Ricky Lee. Il s'approcha et caressa la blancheur du couvre-lit, l'esprit rempli de visions enivrantes de ce qui l'attendait.

— Passe le premier prendre une douche, d'accord ? suggéra Ricky Lee. Tes bagages seront certainement arrivés quand tu sortiras.

Alex déglutit.

— Tu viens la prendre avec moi ? J'y ai pensé les deux matins où nous avons couru ensemble.

Ricky Lee traversa la pièce pour le prendre dans ses bras et l'embrasser avec ferveur. Il ne s'écarta que quand chacun d'eux manqua d'air.

— Plus tard, murmura-t-il. Si je prends une douche avec toi, il est évident que nous ne quitterons pas cet hôtel. Or, je pense que mes projets pour la soirée te plairont. Tu vas t'éclater !

Alex s'empourpra, Ricky Lee éclata de rire.

— Oui, là aussi, enchaîna-t-il, mais ce sera pour quand nous rentrerons.

LA salle de bain se révéla aussi moderne et spacieuse que la suite en elle-même. Alex ôta son costume et accrocha veste, pantalon et chemise aux patères murales. Il se lava rapidement, un peu déçu que Ricky Lee n'ait pas changé d'avis : la douche était certainement assez grande pour les accueillir tous les deux. Une fois sorti, il se sécha avec une serviette épaisse, la noua autour de sa taille, récupéra ses vêtements et ouvrit la porte.

Comme Ricky Lee l'avait annoncé, leurs bagages étaient arrivés pendant sa courte absence. Alex fit rouler sa valise jusqu'à la penderie-miroir et la posa sur l'un des porte-bagages. Il se demanda ce qu'il allait trouver à l'intérieur, car Alaina devait l'avoir faite à la va-vite. Il fut surpris de découvrir sur le dessus son autre costume, celui qu'il avait déposé au pressing après la fête de l'école, bien plié et dans une housse plastique.

Ricky Lee s'approcha et passa un bras autour de sa taille, avant de se pencher pour mordre délicatement son épaule nue.

— Je t'ai trouvé magnifique dans ce costume la nuit de la fête, souffla-t-il. À croquer. Je voulais réaliser mon fantasme de te l'enlever moi-même.

Alex sentit l'érection de Ricky Lee pressée contre lui, il fut tenté de détacher sa serviette et de révéler son excitation. Il n'en eut pas le temps, car Ricky Lee le lâcha.

— Mais pour te l'enlever, reprit Ricky Lee en riant, il faut d'abord que je te laisse l'enfiler.

— Dépêche-toi de prendre ta douche, insista Alex.

Quand Ricky Lee disparut dans la salle de bain, Alex vida sa valise et rangea ses vêtements dans la penderie. Il fut soulagé de constater que, à part le costume, sa sœur lui avait choisi des tenues décontractées adaptées au week-end. Il s'habilla rapidement, puis hésita à porter la cravate qu'Alaina avait incluse dans la housse. Il n'en mettait pratiquement jamais, sauf quand il faisait du lobbying, mais si Ricky Lee voulait le voir comme à la fête, peut-être devrait-il faire une exception ce soir. Il la mit donc et terminait de faire son nœud quand Ricky Lee sortit de la salle de bain.

Doux Seigneur ! Cette vision de Ricky Lee, encore humide de la douche, avec autour de la taille une serviette dont la blancheur immaculée contrastait avec sa peau lisse et olivâtre donna à Alex l'envie de se déshabiller sans plus attendre. Il ne se souciait plus des plans de Ricky Lee, car rien ne pouvait surpasser le moment présent.

Il fit un pas en avant, avec l'intention d'arracher la serviette de Ricky Lee, mais ce dernier l'arrêta d'un regard.

— Notre réservation est dans une demi-heure, annonça-t-il. Et je meurs de faim ! Ce sandwich à la dinde que nous avons eu pour déjeuner ne m'a pas tenu tout l'après-midi, loin de là. Cette nuit, tu vas avoir besoin d'énergie.

Alex tenta de se convaincre que l'anticipation était un plaisir en soi.

— Où allons-nous ? demanda-t-il.

— Tu verras.

Ricky Lee rassembla ses vêtements et retourna s'habiller dans la salle de bain.

— Je ne me souviens pas de toi aussi pénible étant jeune ! cria Alex dans son dos.

— J'ai eu onze ans pour m'entraîner.

Dix minutes plus tard, Alex n'arrivait pas à se décider : comment préférait-il Ricky Lee, en motard dans son blouson de cuir noir brodé arc-en-ciel, ou en tenue de soirée, avec une élégante chemise blanche ?

Ricky Lee attacha ses cheveux avec un lien de cuir, enfila sa veste et tendit le bras à Alex. Ensemble, ils sortirent dans le couloir et se dirigèrent vers l'ascenseur.

— Nous allons chercher la Challenger ? demanda Alex.

— Il n'y a qu'un peu plus d'un kilomètre. J'ai pensé que nous pourrions y aller à pied.

— Excellente idée.

Alex ne s'était pas rendu compte qu'il avait très chaud avant de retrouver l'air frais de la nuit. La rue qu'ils empruntèrent avait autrefois été en zone industrielle, mais le quartier changeait peu à peu, plus axé sur les divertissements. Il restait des terrains vagues et des bâtiments vides, certains fermés par des chaînes, mais plusieurs étaient en travaux, comme l'attestaient les petites grues et l'équipement de construction. Les deux hommes passèrent devant un théâtre communautaire, des restaurants et des bars le long d'un boulevard bien éclairé. Vingt minutes plus tard, ils atteignirent un bâtiment en brique doté d'auvents vert foncé. Ricky Lee ouvrit une porte en verre et laiton filigrané et entra.

— Bienvenue au *Sabot*, messieurs. Avez-vous réservé ? demanda le maître d'hôtel en smoking.

— Oui, au nom de Jennings.

L'homme consulta son ordinateur et hocha la tête.

— Bien sûr, M. Jennings. Denis va vous conduire à votre table. Je vous souhaite une bonne soirée.

D'un geste, il appelait un serveur qui arriva avec deux menus.

Alex fut surpris de constater que la salle à manger évoquait un élégant club des années 40. Les tables avaient des nappes blanches, de la vaisselle en porcelaine, des verres en cristal, des serviettes artistiquement pliées. Le centre de la salle était vide, délimitant une piste de danse. Un kiosque susceptible d'accueillir quinze à vingt musiciens était dressé au fond. Pour le moment, il n'y avait ni musique ni danseurs. Le serveur les escorta jusqu'à une table au bord de la piste et leur tendit les menus.

— Un cocktail pour commencer, peut-être ?

D'un regard, Ricky Lee interrogea Alex. Ce dernier refusa : il n'avait aucune intention de boire ce soir.

— Non, merci. Une menthe à l'eau, s'il vous plaît.

— La même chose pour moi.

Quand le serveur s'éloigna vers le bar, à l'autre bout de la salle, Ricky Lee déclara :

— Commande un verre si tu veux. Tu n'as pas à rester sobre parce que je le suis.

— J'ai l'impression que j'ai besoin d'avoir l'esprit clair, répondit Alex. Chouette endroit !

— À l'origine, avant la dépression, c'était un club privé. Depuis, le bâtiment a subi beaucoup de changements, mais comme cette partie du centre-ville est en pleine rénovation, c'est devenu un dîner-club.

Denis revint avec leurs boissons.

— Si vous n'avez pas encore regardé le menu, je vous recommande nos steaks. Ils sont notre spécialité.

— D'où le nom du restaurant, déclara Alex avec un signe de tête.

— Oui, monsieur, notre viande est renommée à juste titre.

— Je prendrai la côte de bœuf, saignante, avec… une pomme de terre au four et des asperges grillées. C'est un plat pour deux, non ?

— Effectivement, confirma le serveur.

Ricky Lee regarda Alex.

— Parfait, nous partagerons, alors, déclara Alex.

— Très bien, monsieur. Je vous apporte tout de suite une corbeille de pain.

Le serveur n'avait pas menti : la côte était gouteuse et tendre, parfaitement cuite. Les deux hommes finissaient leurs assiettes quand les musiciens s'installèrent et commencèrent à jouer un blues, doux et romantique. Quelques couples se levèrent pour aller sur la piste. Alex remarqua deux femmes qui dansaient ensemble.

Denis vint débarrasser.

— Que puis-je vous apporter d'autre, messieurs ? Un dessert, un digestif ?

— Pas de dessert pour moi, merci, déclara Alex. Juste un café.

— Mettez-en deux.

— Je vous les apporte tout de suite.

— Nous ne sommes pas pressés.

Ricky Lee repoussa sa chaise et tendit la main vers Alex.

— Tu viens danser ?

Alex regarda autour de lui. Personne ne le connaissait, bien sûr, mais même si cela avait été le cas, il ne s'en souciait plus. Il voulait danser avec Ricky Lee, peu lui importait d'être vu ou pas. Il se leva et accepta la main tendue vers lui.

— Avec plaisir.

Chapitre dix-huit

SUR la piste de danse, Alex leva les mains d'un geste hésitant, sans trop savoir s'il devait guider ou se laisser conduire. Ricky Lee lui prit la main droite avec sa gauche et le rapprocha de lui.

— Laisse-moi mener cette danse, décida-t-il. Tu auras la prochaine.

Alex acquiesça et posa la main gauche au creux des reins de Ricky Lee pour se laisser emporter tandis que la musique les enveloppait dans une brume sensuelle. Ricky Lee resserra l'étreinte de ses bras, la joue contre celle d'Alex. Ce dernier n'avait pas pris la peine de se raser quand il s'était douché, avec ses cheveux clairs, sa barbe se voyait à peine. En sentant la douceur de la peau de Ricky Lee, il réalisa que lui non plus, quoique

très brun, n'avait quasiment pas de barbe. Sans doute
était-ce dû à son sang indien.

— Je ne suis pas très calé en musique, murmura
Ricky Lee à son oreille, mais il me semble reconnaître
cette chanson.

Son souffle chaud fit frissonner Alex.

— C'est *Moonlight Serenade*, répondit-il après
avoir repris son souffle. Le plus connu des tubes de
Glenn Miller. Mon grand-père adorait les chansons des
années 30 et 40. Il en avait tous les vinyles.

— C'est de la pure séduction, tu ne trouves pas ?

En son for intérieur, Alex décida que Ricky Lee
était déjà bien pourvu en ce domaine. Le simple
frottement de ce corps solide contre le sien le mettait
dans tous ses états. Il grommela un vague assentiment
et recula le bassin pour cacher son érection.

Quand la chanson prit fin, Ricky Lee recula d'un
pas et changea de position pour laisser Alex guider la
prochaine danse, comme promis. Au grand soulagement
d'Alex, l'orchestre entama, *String of Pearls*, un air dont
le rythme lui permettait de garder plus de distance entre
Ricky Lee et lui – ce qui lui donna aussi le temps de se
calmer. Ricky Lee était un merveilleux danseur, ses pas
s'accordant parfaitement à ceux d'Alex.

Quand le batteur du groupe entonna *Sing, sing,
sing*, Alex secoua la tête et désigna leur table.

— Si nous retournions nous asseoir, Ricky Lee ?
Celle-ci est trop rapide pour mon goût.

— Bien sûr. D'ailleurs, le café est servi. Ce serait
dommage de le laisser refroidir.

Ils s'attablèrent donc et regardèrent l'exhibition
des courageux restés sur la piste. Certains avaient du
talent, en particulier les deux femmes qu'Alex avait
remarquées un peu plus tôt. À la fin de la chanson, les

applaudissements éclatèrent – auxquels Alex et Ricky Lee se joignirent avec entrain –destinés aussi bien aux musiciens qu'aux danseurs émérites.

L'orchestre continua à jouer. Ricky Lee et Alex discutèrent de tout et de rien, de leurs goûts musicaux ou cinématographiques, de leurs lectures. Puis ils retournèrent danser. Au fur et à mesure que le temps passait, Alex faisait moins d'efforts pour garder un écart entre Ricky Lee et lui. Et leur couple n'était pas le seul à s'abandonner sur la piste, mains caressantes et corps souples ondulaient lentement au rythme romantique des mélodies.

À la fin de *Stardust*, Ricky Lee chuchota à l'oreille d'Alex :

— Il est temps de rentrer à l'hôtel.

Alex dut inspirer un grand coup pour ne pas céder à son désir : tourner la tête et goûter à cette bouche si proche et si tentante. Il se contenta d'acquiescer. Ricky Lee le propulsa aussitôt vers leur table. Alex eut l'impression d'attendre interminablement l'addition, qui, en vérité, leur fut apportée en quelques minutes. Quand Denis posa sur la table une pochette en cuir, Ricky Lee y jeta un coup d'œil, sortit plusieurs gros billets de son portefeuille et les glissa à l'intérieur.

— Gardez la monnaie, indiqua-t-il.

— Merci beaucoup, M. Jennings.

Ricky Lee se leva, prit Alex par la main et l'entraîna vers la sortie.

Il était tard, la température avait chuté, mais la froideur de la nuit ne suffit pas à calmer la fébrilité d'Alex. Ricky Lee garda sa main dans la sienne durant tout le trajet jusqu'à l'hôtel. À chaque pas, leurs corps se frôlaient, renforçant l'intimité créée par leurs nombreuses danses ensemble.

Ils arrivèrent enfin à l'hôtel et se dirigèrent tout droit vers l'ascenseur.

— C'était une adorable soirée. Merci, dit Alex.

— J'ai une ou deux autres surprises pour toi dans ma manche.

À peine la porte de la chambre refermée sur eux, Ricky Lee prit Alex dans ses bras et dévora sa bouche dans un baiser à couper le souffle.

Quand il consentit enfin à laisser Alex respirer, il annonça d'une voix rauque :

— Tu n'imagines pas à quel point il m'a été difficile de ne pas t'embrasser sur la piste de danse.

— Je ne t'en aurais pas empêché, confessa Alex.

— Et c'est maintenant que tu me le dis ? J'avais cru comprendre que tu étais contre les manifestations d'affection en public !

— C'est vrai, je crois à la discrétion, mais tu es capable de tout me faire oublier.

Ricky Lee lui ôta sa veste de costume qu'il jeta sur un des fauteuils de la suite avant de déposer une pluie de baisers dans son cou. Alex renversa la tête pour lui donner meilleur accès. En même temps, il cherchait à dénouer sa cravate. D'une tape, Ricky Lee écarta sa main.

— Non, dit-il. Je veux t'enlever ce costume moi-même.

Après avoir détaché la cravate d'Alex, il ouvrit les premiers boutons de sa chemise et tira sur le ruban de soie, le faisant glisser de sous le col.

— Lève les mains, ordonna-t-il.

Enivré du baiser qui appuyait ces paroles, Alex obtempéra sans se demander pourquoi Ricky Lee tenait à lui enlever sa chemise par-dessus la tête au lieu de tout simplement continuer à la déboutonner. Il resta sidéré en voyant Ricky Lee enrouler la cravate autour de ses poignets et y faire un nœud.

— Assois-toi sur le lit, Alex.

Alex essaya d'écarter les bras – en vain. Il était bel et bien immobilisé.

— Mais enfin, qu'est-ce qui te prend ?

— Assois-toi sur le lit, répéta Ricky Lee.

Poussant doucement Alex, il le fit s'asseoir sur l'épais matelas. Avant qu'Alex puisse ouvrir la bouche, Ricky Lee le renversa sur le dos et se pencha sur lui, la chaleur de son corps ferme étant aussi enivrante que son baiser.

Ricky Lee s'accouda sur le lit pour enfin déboutonner la chemise. Alex réussit à marmonner :

— Tu n'avais pas à m'attacher, je ne comptais pas changer d'avis.

Ricky Lee passa la paume sur la poitrine d'Alex avec une moue appréciative. Puis prenant son amant sous les aisselles, il le positionna au centre du lit.

— Il y a onze ans, je n'ai pas pu aller au-delà d'un baiser. Ça m'a rendu prudent. Je ne veux pas gâcher cette seconde chance.

Il attacha l'autre bout de la cravate à la tête de lit. D'instinct, Alex tira dessus pour s'assurer que le nœud tenait. L'idée d'être à la merci de Ricky Lee l'excitait infiniment, comme le prouvait son énorme érection. Et son amant, couché sur lui, ne pouvait manquer de s'en rendre compte.

— J'aime beaucoup cette cravate, dit Alex, un sourire dans sa voix. Il faut dire que je n'en ai pas beaucoup.

— Si tu ne te débats pas, elle sera encore utilisable.

Ricky Lee souriait. En vérité, Alex savait qu'il pouvait se libérer s'il le voulait vraiment, mais il n'y tenait pas. Et ce n'était pas pour protéger sa cravate.

Ricky Lee ondula contre Alex, prouvant que la situation l'excitait tout autant.

— Tu m'as taillé une pipe la dernière fois. Ce soir, c'est à mon tour de te faire jouir, d'accord ?

Que répondre à une telle requête ? Seulement…

— Oui.

— Excellente réponse ! plaisanta Ricky Lee.

En récompense, Alex reçut un autre baiser, puis Ricky Lee se redressa et glissa à genoux jusqu'au pied du lit.

— Des chaussures sur le couvre-lit ? s'esclaffa-t-il. Ta mère serait horrifiée.

Il débarrassa Alex de ses mocassins et de ses chaussettes, et les laissa tomber sur le sol. Puis de ses doigts fermes, il se mit à masser la plante des pieds d'Alex, qui se tortilla en poussant un gémissement d'extase.

— C'est divin ! murmura-t-il.

— Je me doute bien que tu danses rarement. Et voilà que tu l'as fait deux fois en moins d'un mois.

Ses doigts remontèrent aussi loin que possible sous l'ourlet du pantalon, cherchant les mollets d'Alex, pétrissant les muscles durs.

Secoué de frémissements, Alex se souleva du matelas, la peau délicieusement électrisée là où Ricky Lee le touchait. Ce massage n'était pas sexuel, mais la soirée tout entière – la danse, leurs frôlements – n'avait été qu'un long préliminaire, aussi était-il déjà plus que prêt à passer à l'étape supérieure.

Quand Ricky Lee abandonna ses mollets pour caresser ses jambes à travers le tissu de son pantalon, Alex gémit une protestation.

— Enlève-moi ça ! Je t'en prie !

Il voulait sentir ces caresses sur sa peau nue : ce serait bien plus intense ! Ricky Lee remonta les mains à la ceinture de son pantalon et la détacha, puis fit lentement glisser la fermeture éclair.

— Si tu savais combien de fois j'ai rêvé de t'avoir ainsi à moi, murmura-t-il.

Alex leva les hanches pour l'encourager à le débarrasser de son pantalon. Ce dernier disparut, mais, à son grand désarroi, pas son boxer.

Ricky Lee enchaîna :

— Ces deux derniers matins, pendant que nous courrions, je regardais tes jambes. Elles me fascinent, elles m'ont toujours fasciné. J'aurais voulu te sauter dessus, te renverser sur le bas-côté et les caresser longuement, découvrir le contact de tes poils dorés. Comme ça…

Il remonta le long des jambes d'Alex, faisant crisser sa toison. Puis se penchant, il y posa la langue. Alex gémit et ferma les yeux.

— J'ai toujours adoré tes jambes, ajouta Ricky Lee. Autrefois, à l'école, je bandais rien qu'en te regardant courir. Ensuite, en rentrant chez moi, je me masturbais en imaginant tes mains sur moi.

Alex se cabra.

— Merde, ne dis pas des trucs pareils ! se plaignit-il. Ou alors, touche-moi.

Ricky Lee s'accrocha la ceinture élastique du caleçon d'Alex, sans le lui retirer. Il courba l'échine et enfouit son visage contre la bosse de son sexe, suçant ta tache humide qui marquait le coton. Alex crispa les poings sur la soie de sa cravate, luttant pour retenir un hurlement : cette aspiration si chaude et humide le rendait fou. Mais il en voulait davantage.

— Je veux te toucher !

— Maintenant, tu comprends mieux ma frustration, hmm ?

Remontant le long du corps d'Alex, Ricky Lee frotta son sexe au sien. Alex frémit des pieds à la tête. La situation était délicieusement décadente : Ricky, entièrement vêtu, le déshabillait, le touchait, le caressait. Désespéré, Alex chercha à accentuer le frottement, mais Ricky Lee le bloqua et s'assit à califourchon sur sa taille. Écartant les pans de sa chemise, il caressa sa poitrine dénudée, sa toison, ses mamelons.

— Tu avais moins de poils autrefois, remarqua-t-il. Je comparais souvent nos statures. Tu étais infiniment plus large que moi.

— Plus maintenant.

Alex s'interrompit en se mordant la lèvre, car des doigts taquins venaient de pincer ses mamelons. Ricky Lee pressa un doigt sur les lèvres d'Alex, les écarta, puis les embrassa, trop brièvement, hélas.

— Non ! Je veux t'entendre, je veux savoir que tu aimes ce que je te fais.

— Alors, mets ta bouche… commença Alex. Aaah, oui, comme ça !

Il s'étrangla quand Ricky Lee lécha et mordilla un mamelon après l'autre, ses doigts caressant et pinçant le côté que sa bouche libérait. Les longs cheveux noirs et soyeux tombant sur les flancs d'Alex ajoutaient une caresse insidieuse. Alex, éperdu, sentait la chaleur monter dans sa poitrine et un feu liquide se répandre dans ses entrailles.

— Ricky Lee, je te veux ! souffla-t-il.

— Je suis là.

La bouche de Ricky Lee descendit le long du corps d'Alex avec une lenteur atroce, traçant un chemin aléatoire sur son ventre, son nombril, ses hanches. Parfois, son érection effleurait celle d'Alex, mais sans s'attarder. Alex s'apprêtait à râler quand Ricky Lee, enfin, le débarrassa de son boxer qu'il fit glisser sur ses cuisses. Libéré, le sexe d'Alex frappa Ricky Lee au sternum, lui arrachant un petit rire. Quant à Alex, ce simple contact lui avait coupé le souffle.

Refermant le poing sur le sexe humide et palpitant, Ricky Lee le caressa doucement.

— Tu me parais bien impatient, plaisanta-t-il.

— Arrête de jouer, grogna Alex. Suce-moi !

Il s'attendait à une vanne, il se retrouva au paradis : Ricky Lee referma les lèvres sur lui et l'engloutit profondément, puis se mit à coulisser le long de son sexe. Bien trop excité pour durer, Alex trouva un fulgurant orgasme à la première forte succion. Il trembla et gémit, et reprit ses esprits avec les bras de Ricky Lee refermés sur lui.

Quand il fut un peu calmé, Ricky Lee le lâcha le temps de le libérer de sa cravate, puis l'embrassa profondément. Alex voulut glisser une main entre eux pour caresser le sexe dur qui poussait contre son estomac, mais Ricky Lee bloqua sa main et la porta à sa bouche, caressant le poignet de ses lèvres.

— Plus tard, dit-il doucement. Nous avons toute la nuit.

Avec un sourire, Alex s'abandonna à son nirvana post-orgasmique.

— Et même tout le week-end !

Chapitre dix-neuf

— **JE** veux que tu me racontes en détail ton week-end, insista Sam quand Alex la retrouva lundi matin pour le petit-déjeuner au *Coffee Pot*. Alaina n'a rien voulu me dire, à part que Ricky Lee t'avait kidnappé.

— N'exagérons pas ! Nous étions ensemble à OKC pour sensibiliser l'opinion contre les risques du fracking. Il a décidé que ce serait sympa que nous… euh, de profiter d'un week-end sur place.

Même après ce qu'ils avaient vécu ensemble au cours des deux derniers jours, Alex n'arrivait pas dire « nous » en parlant de Ricky Lee et lui. Après tout, il ignorait encore combien de temps durerait leur relation

— Raconte ! ordonna Sam. Sinon, je vais envisager une aventure sordide dans un motel à quatre sous dont tu as honte de me parler.

— Sam ! Tu as une façon de voir les choses absolument répugnante !

— Ne me prends pas pour une cruche, Alex Morrison ! Je me doute bien que tu as passé l'essentiel de ton week-end à poil dans un lit avec Ricky Lee Jennings.

Alex piqua un fard, l'esprit assailli de visions torrides de deux hommes exactement dans la situation que Sam évoquait. Il n'avait rien trouvé de… « spécial » dans la trousse de toilette qu'Alaina lui avait préparée, mais s'il espérait que sa sœur ignorait ses intentions, Ricky Lee lui avait vite ôté ses illusions : « j'ai prévenu Alaina que je me chargeais des accessoires » avait-il indiqué en sortant de sa valise du lubrifiant et une boîte de préservatifs.

Sam éclata de rire et pointa son toast vers Alex.

— Si tu voyais ta tête ! Un blond ne peut pas cacher quand il rougit. Quelle plaie !

— Quelle plaie surtout d'avoir une amie qui ne respecte pas mon intimité, riposta Alex.

En voyant Sam afficher un sourire éhonté, il secoua la tête et céda.

— D'accord, il nous avait réservé une chambre dans un adorable hôtel qui fait aussi office de musée d'art moderne. Vendredi soir, nous sommes allés dîner dans un club rétro, style années 40. Il y avait un petit orchestre et nous avons passé la soirée à danser sur de la musique big-band.

Sam soupira.

— Qui aurait imaginé Ricky Lee aussi romantique ? Il cache bien son jeu !

Oui, le geste était romantique, pensa Alex, même en sachant que Ricky Lee avait aussi cherché à lui faire payer son refus d'une danse le soir de la fête à Freeland Hill… De toute façon, Alex n'était pas rancunier.

— Samedi matin, continua-t-il, nous avons dormi tard…

Il ignora le rire lascif de Sam et enchaîna :

— … puis pris un brunch au restaurant de l'hôtel. Pendant un siècle, cette usine a fabriqué des automobiles Ford, alors, il y avait dans la salle à manger une incroyable sculpture métallique conçue pour ressembler une chaîne de montage. Ensuite, vu que notre week-end était sur le thème de l'art, Ricky Lee a suggéré d'aller visiter le Musée d'art d'Oklahoma City. Savais-tu qu'ils ont une des plus grandes collections de Chihuly [16] du monde ? Le soir, nous avons dîné dans un excellent restaurant japonais, le Dekora.

L'hôtesse, devinant sans doute un couple, les avait installés dans un petit salon intime où ils avaient dégusté des *sushis* variés, des *jiǎozi* et d'autres plats servis dans de petites assiettes qu'ils partageaient en usant leurs baguettes et leurs doigts.

— Dimanche après-midi, continua Alex, nous nous sommes promenés dans les jardins botanique, nous avons dîné dans un restaurant de grillades, le Hutch (« *le clapier* »), qui vaut la peine d'y retourner, puis nous sommes rentrés à Freeland.

— Je devine de lourdes omissions dans ce compte-rendu, remarqua Sam. Mais je ne compte pas insister.

Préférant ne pas s'y fier, Alex s'empressa de demander :

— Et toi, comment s'est passé ton week-end ? As-tu pu pratiquer le *muay-thaï* avec Crae ?

16 Né en 1941, Dale Chihuly, considéré comme le Tiffany de notre époque, explore depuis près d'un demi-siècle le potentiel artistique du verre soufflé.

À sa grande surprise, Sam s'empourpra. Alex éclata de rire.

— Tu as de la chance ! s'exclama-t-il. Je suis trop bien élevé pour te renvoyer ta réflexion sur la malédiction d'être blonde pour cacher ses émotions !

Sam secoua la tête.

— Quel gentleman ! Je trouve Crae fascinant, reconnut-elle. Je n'ai jamais regretté de ne pas être un homme, physiquement parlant, mais être une femme est parfois frustrant quand on travaille dans un monde d'hommes – selon une opinion encore très fortement ancrée dans les esprits. La décision de Crae de ne pas se conformer à un stéréotype est incroyablement courageuse. Ce que je respecte.

— Ça me fait plaisir que tu aies pu passer du temps avec Crae.

Alex n'osait pas souhaiter que Sam et lui puissent espérer davantage. D'accord, Ricky Lee et Crae pouvaient momentanément gérer *Polynomial Software* à distance, mais ça ne voulait pas dire qu'ils comptaient s'installer à Freeland.

Sam se rembrunit.

— Pas autant que je l'aurais voulu, hélas ! Ce week-end, nous en avons eu deux autres incidents liés à la drogue : un combat au couteau dans un bar de Sud Trinity et des coups de feu sur le territoire comanche qui ont fait deux morts. Dans les deux cas, les agresseurs étaient drogués jusqu'aux yeux.

Elle frappa du poing sur la table avant d'enchaîner :

— Jusqu'à ce jour, les seuls cas de drogue à Freeland concernaient le cannabis, nous avions surtout des ivrognes et des problèmes d'alcool. Et voilà que tout change sans que nous puissions déterminer d'où ça vient !

Birgit se précipita vers leur table avec sa cafetière, pensant sans doute que le coup de poing de Sam la réclamait.

— Désolée, Birgit, s'excusa Sam, ce n'était pas pour vous. Juste un problème de travail.

Elle regarda sa montre et ajouta :

— D'ailleurs, je vais devoir y aller. Et c'est à moi de payer l'addition.

Elle laissa vingt dollars sur la table.

Sur une impulsion, Alex la retint en disant :

— Ce soir, j'ai prévu des plats chinois pour dîner à l'hôtel avec Ricky Lee et Crae. Viens nous rejoindre quand tu seras libre. Je te prendrai des rouleaux d'œufs et des crevettes aux amandes.

— C'est bien plus tentant qu'un de mes surgelés de *Lean Cuisine* ! s'exclama Sam. En principe, c'est d'accord. Si j'ai un imprévu, je t'envoie un texto.

— Espérons que nous aurons tous une journée tranquille.

EN rentrant le dimanche soir d'Oklahoma City, Alex s'attendait à affronter les commentaires sarcastiques d'Alaina, mais elle s'était montrée d'une retenue remarquable, se contentant de l'étreindre en lui chuchotant : « j'espère que tu t'es bien amusé ! »

Lundi après-midi, par contre, elle était redevenue elle-même.

— Raconte-moi ton week-end, exigea-t-elle. Ricky Lee n'a rien voulu me dire de ses projets. Il m'a juste demandé de mettre dans tes bagages le costume que tu portais à la fête des anciens élèves.

La quincaillerie était relativement calme, seul un couple se disputait devant des pots de peinture au bout d'une allée.

— Je ne pense pas que tu veuilles tous les détails, Lan, rétorqua Alex avec un sourire.

— J'ai vingt-trois ans, Xan. Rien ne peut me choquer.

Alex en doutait. Cependant, il répéta à sa sœur ce qu'il avait déjà raconté à Sam le matin même.

— Et maintenant ? demanda Alaina quand il se tut.

Alex aurait bien aimé avoir la réponse à cette question qu'il se posait également. Il choisit une échappatoire.

— Eh bien, ce soir, nous mangeons chinois et demain, il viendra courir avec moi. Il veut maintenir cette routine…

— Ce n'est pas ce que je te demandais, et tu le sais très bien.

Alaina s'interrompit le temps de saluer le couple qui quittait la quincaillerie en emportant des échantillons de peinture. Puis elle reporta son attention sur son frère :

— Même si tu es resté discret dans ton compte-rendu du week-end, je devine que tu as couché avec Ricky Lee. Ça fait maintenant deux ans que nous vivons ensemble, Xan, et la seule personne que tu fréquentes régulièrement, c'est Sam. Bien sûr, je trouve fantastique que tu aies enfin une relation, mais tu n'es pas du genre à te contenter d'une aventure sans lendemain.

Alex ravala son envie de rire. Il trouvait très drôle de recevoir de sa petite sœur un sermon de ce genre. En fait, Alaina lui rappelait beaucoup leur mère en ce moment.

— Je ne sais pas si ça marchera, Lan. Ricky Lee n'est pas…

Il s'arrêta net, ignorant ce que Ricky Lee avait révélé à Alaina de sa situation. Il changea d'angle d'attaque :

— Tu te souviens de ce qu'il a vécu étant enfant, hein ? Alors, il est évident qu'il n'envisage pas de revenir définitivement à Freeland. J'essaie simplement de profiter de sa présence autant que je le peux.

Alaina ouvrit la bouche, puis secoua la tête en fronçant les sourcils. Alex lui fut reconnaissant de son silence.

PEU après dix-huit heures, Alex sortit du restaurant chinois, le *Golden Dragon*, avec trois sacs remplis de plats variés : rouleaux d'œufs, soupe *won-ton* et barquettes de poulet, bœuf, porc et crevettes. En arrivant à l'hôtel, il vit une voiture de la police de Freeland dans le parking, aussi ne fut-il pas surpris de trouver Sam dans la suite : elle parlait avec Crae.

Il posa ses sacs sur le comptoir et commença à les vider.

— Pas de nouveaux problèmes ? demanda-t-il à Sam.

Elle leva les yeux au ciel.

— Le chef Cowart nous demande de faire deux fois plus de patrouilles, mais sans vouloir nous payer ces heures sup. À titre de compromis, il a inventé de nous faire garder nos voitures d'escouade : en cas d'urgence, nous pouvons répondre sans repasser par le poste de police.

Crae se servit d'un rouleau d'œufs encore fumant.

— À quoi s'attend-il au juste ?

— Ne le prends pas mal, mais il ne cesse de grogner qu'on peut s'attendre à tout vu la racaille qui traîne en ville ces derniers temps.

— Il parle de nous, Crae ! intervint Ricky Lee. Il était dans une rage noire l'autre jour, quand il est passé me menacer au *Coffee Pot* juste après cette histoire avec la Lincoln.

Il prit une soupe, ôta le couvercle en plastique, et huma la vapeur odorante.

— Dis-moi, Sam, reprit-il, tu ne vis pas dangereusement en continuant à nous fréquenter ?

— Bah ! De toute façon, Cowart ne m'apprécie guère. D'après lui, la place d'une femme n'est pas dans la police. Il ne m'aurait pas engagée s'il avait eu un autre candidat sous la main – et si mes résultats aux épreuves physiques n'avaient pas été aussi spectaculaires. J'ai toujours été sur sa liste noire, j'y suis habituée.

— Il n'est pas loin de la retraite, déclara Alex. Son remplaçant sera peut-être moins réac.

— Pourquoi Sam ne deviendrait-elle pas chef de la police ? suggéra Crae.

— Merci, dit-elle avec un sourire, mais je doute que Freeland soit prêt à accepter une femme à ce poste.

— L'avenir peut te surprendre.

Ils avaient bien entamé les plats apportés par Alex quand on frappa à la porte.

Du regard, Crae consulta Ricky Lee :

— Tu attends quelqu'un ?

Ricky Lee secoua la tête.

— La direction a peut-être reçu des plaintes concernant la fête sauvage que nous avons ce soir !

Il se leva et alla ouvrir. Il tomba sur un Indien, grand et bel homme, vêtu d'un uniforme bleu marine, très différent de celui, kaki et bleu ciel, que portaient les officiers de police de Freeland.

— Ricky Lee Jennings ? demanda l'inconnu.

— Ça dépend. Qui êtes-vous ?

L'homme tendit la main.

— To'mo Narcomey, du Bureau des enquêtes criminelles de la Nation comanche.

En voyant Ricky Lee hésiter à accepter de lui serrer la main, To'mo éclata de rire.

— Je m'y suis pris comme un manche ! enchaîna-t-il. Ce n'est pas une visite officielle ! Je suis ton *taka*, ton cousin. Ta mère était la sœur de la mienne, même si après son mariage, elle a... hum, coupé tout contact avec sa famille.

Pour la première fois depuis son retour à Freeland, Ricky Lee semblait à court de mots. Finalement, il recula et dit :

— Entre.

Narcomey pénétra dans la suite et s'arrêta net en voyant le petit groupe assis autour du comptoir.

— Oh, désolé d'avoir interrompu votre repas.

— Non, nous avons fini.

Ricky Lee se chargea des présentations, désignant en même temps les trois personnes encore attablées :

— Voici Crae Adams, Samantha Burchart et Alex Morrison.

— J'ai déjà vu le nom de l'agent Burchart sur les rapports de police de Freeland. Il est possible que nous devions prochainement travailler ensemble sur cette affaire de drogue.

— J'ignorais que les Comanches avaient une police à part, s'étonna Crae.

— En Oklahoma, les terres attribuées à nos tribus ont été rachetées au dix-neuvième siècle par le gouvernement au moment de la colonisation. Depuis lors, la police de la Nation comanche gère les délits commis sur les anciens territoires indiens.

Il se tourna vers Sam et enchaîna :

— Je crois qu'une coopération entre nos services nous permettrait de régler cette affaire plus rapidement, en particulier en remontant jusqu'à la source de distribution de cette drogue dont nous avons tous récemment constaté les dégâts.

Sam fit la moue.

— Le chef Cowart n'a pas la réputation d'être un grand partisan de la coopération interservices, mais si je peux vous aider, je le ferai volontiers. N'hésitez pas à me contacter personnellement.

— C'est bon de le savoir, mais là n'est pas la raison de ma visite.

To'mo tendit un paquet à Ricky Lee. Alex en fut étonné : il n'avait pas remarqué que le nouveau venu l'avait dans les mains en entrant.

— Ma mère est décédée il y a peu, ajouta le Comanche. En triant ses affaires, j'ai retrouvé cet album de photos de sa jeunesse. Quand j'ai appris que le fils de Pia Lomasi –ou Tante Lily, comme elle se faisait appeler après son mariage – était de retour, je me suis dit que ça t'intéresserait peut-être de l'avoir.

Ricky Lee feuilleta l'album, où se trouvaient essentiellement des photos en noir et blanc.

— Il faudra que tu m'expliques qui sont tous ces gens. Il me semble reconnaître ma mère, mais c'est peut-être la tienne, puisqu'elles étaient sœurs.

To'mo désigna le canapé, où il s'assit à côté de Ricky Lee. Il ouvrit l'album sur ses genoux.

— Voici ma mère, ta Pia Ojinka. Nos anciens se souviennent encore de nos deux mères. Ce serait bon pour toi de les rencontrer et de retrouver tes racines.

Chapitre vingt

LES clochettes de la porte d'entrée de la quincaillerie s'agitèrent avec force. Alex releva la tête de la caisse-enregistreuse où il venait de taper une vente et vit Alaina entrer d'un pas énergique et venir jeter son porte-monnaie sur l'étagère sous le comptoir.

— J'ai du mal à croire à la bêtise de certaines personnes ! aboya-t-elle en se tournant vers Alex.

Il s'occupa d'abord de son client, lui tendant avec un sourire le sac contenant ses achats et son ticket de caisse.

— Voici, monsieur, je vous remercie.

L'homme jeta à Alaina un regard un peu interloqué, puis il accepta sa monnaie et tourna les talons. Une fois la porte refermée sur lui, Alex demanda :

— Voyons, Lan, qu'est-ce qui t'a mis dans un état pareil ?

— Justin et moi avions décidé de prendre un sandwich au Sub Station, Stephanie Keyes et Melissa Scott étaient dans la queue un peu devant nous. J'ai entendu Stephanie affirmer que la police s'apprêtait à arrêter Ricky Lee. Quand je lui ai demandé pour quelle raison, elle m'a répondu qu'il était un trafiquant de drogue. Ce qui explique, selon elle, d'où vient l'argent de la Lincoln qu'il a volée chez *Tillman Motors*.

— Oh, mon Dieu ! grogna Alex. Je pensais que la rumeur s'était calmée alors qu'en fait, elle ne fait qu'empirer.

— J'ai dit à Stephanie qu'elle racontait n'importe quoi, mais elle a insisté, affirmant que le copain de sa cousine avait vu hier soir deux voitures de police devant l'hôtel où Ricky : une était de Freeland et l'autre de la patrouille tribale comanche.

— Oui, parce que Sam dînait avec nous et qu'un cousin de Ricky Lee, qui effectivement est un agent de la Nation comanche, est passé se présenter.

— Heureusement que Stephanie ne t'a jamais intéressé, Xan ! Je l'ai traitée d'idiote de gober tout ce qu'on lui raconte et d'en parler comme si c'était parole d'évangile.

— Elle ne l'a pas volé !

Alex prit sa sœur dans ses bras. Et enchaîna :

— Merci de défendre Ricky Lee, Lan, mais je me demande qui en tiendra compte. Il prétend que les gens d'ici sont déterminés à croire le pire de lui. Au début, j'ai cru qu'il exagérait, mais je commence à comprendre qu'il a raison.

— Je sais qu'en principe, tu dois fermer le magasin ce soir, mais tu ne préférerais pas appeler Ricky Lee et

le tenir au courant des bruits qui courent à son sujet ?
Mieux vaut qu'il l'apprenne de toi que d'un autre.

Alex soupira. Il doutait qu'annoncer à Ricky Lee
ces dernières rumeurs le fasse changer d'avis concernant
le secret de sa réussite. Au contraire ! Ça le pousserait
plutôt à agir de façon encore plus outrancière.

— Je ne pense pas qu'il y existe un bon moyen de
répéter une histoire aussi ridicule. Je dois aussi aller
voir le père John puisque je ne suis pas allé les aider
samedi sur le chantier. J'aimerais m'assurer qu'ils ont
assez de carrelage pour terminer les sols de la maison
Accosta.

— J'aurais dû le prévenir que tu t'étais absenté.
Désolé, Xan.

— Je n'y ai pensé que dimanche soir, en rentrant à
Freeland, reconnut Alex.

En même temps, il s'était rendu compte avoir
manqué la messe. Et il n'était pas pressé de confesser
au prêtre ce qui l'avait poussé à changer sa routine
dominicale.

ALEX gara le pick-up « Quincaillerie Morrison »
dans le parking devant le petit presbytère de la paroisse
St Michael et essaya de se convaincre d'en sortir.
Tergiverser ne lui rendrait pas les choses plus faciles.
*Tu as presque trente ans, tu n'es plus un ado. Accepte
les conséquences de tes actes, pour changer.*

Il était toujours aux prises avec son dilemme quand
on frappa à sa vitre. Il leva les yeux et vit le père John
lui sourire. Alex baissa sa vitre, en espérant ne pas
rougir.

— Préférez-vous que je monte à vos côtés, Alex,
ou voulez-vous me suivre à l'intérieur pour parler ?

En voyant qu'Alex ne répondait pas, le prêtre ouvrit la portière du pick-up.

— Venez, insista-t-il, j'ai du café. Je crois que nous en aurons tous les deux besoin.

Avec l'impression d'avoir treize ans et d'être redevenu enfant de chœur, Alex descendit et suivit le père John jusqu'à la cuisine du presbytère. Le prêtre vérifia ce qui restait dans son thermos, puis servit deux tasses de café et fit signe à Alex de prendre place à table.

Le silence dura un bon moment pendant qu'Alex cherchait ses mots. *Par où commencer ?* Finalement, le père John lui tapota l'épaule avec un petit rire.

— Pour l'amour de Dieu, Alex, j'ignore ce qui vous inquiète, mais ça ne peut être aussi grave que vous l'imaginez. Parlez, tout simplement.

— Je crois que je devrais d'abord dire : « Bénissez-moi, mon père, car j'ai péché ».

— La confession est beaucoup moins formelle de nos jours. Chercheriez-vous l'absolution ?

— Je ne sais pas si je peux être pardonné, car je ne regrette pas mon péché, admit Alex à mi-voix.

— Êtes-vous certain qu'il s'agisse bien d'un péché ?

— Selon les lois de l'église, oui.

Le père John soupira.

— Je vois. Il y a des péchés plus ou moins… condamnables. Le vôtre concernerait-il votre ami Ricky Lee ?

Alex acquiesça, certain cette fois de rougir.

— Si j'ai manqué le chantier samedi et la messe dimanche, c'est parce que j'ai passé le week-end avec lui à Oklahoma City.

— Je n'ai rencontré ce jeune homme qu'une seule fois, mais j'ai bien senti qu'il comptait beaucoup pour vous.

— Oui, depuis toujours. Même si je ne l'ai réalisé qu'en le retrouvant.

Le père John serra les mains sur la table.

— Un des commandements de Jésus a été : *tu aimeras le Seigneur, ton Dieu, de tout ton cœur, de toute ton âme, et de toute ta pensée*. Un autre dit : *tu aimeras ton prochain comme toi-même*. L'amour sincère et partagé peut-il vraiment être un péché ? C'est une question que je me suis souvent posée.

— Et s'il n'est pas partagé ?

— Auriez-vous des raisons de croire que Ricky Lee n'est pas aussi impliqué que vous dans cette relation ? demanda le père John.

Alex soupira.

— Vous avez certainement entendu parler de son enfance à Freeland. Après avoir surmonté les pires obstacles, il a bien réussi, il est même devenu très riche. Pourquoi voudrait-il rester ici ?

— Pour vous, peut-être.

— Moi ? J'ai accumulé les échecs et je vais passer le reste de ma vie à gérer la quincaillerie de mes parents. Que c'est inspirant, vraiment !

— Alex, l'humilité est une qualité, mais certainement pas l'auto-dépréciation systématique. Ces échecs dont vous parlez, je les considère comme des choix judicieux : votre santé était plus importante qu'une gloire éphémère au football, et si vous avez abandonné une carrière qui vous plaisait, c'était pour soutenir votre famille dans un moment difficile. Vous savez bien qu'on ne juge pas la valeur d'un être à son compte en banque. L'aide que vous donnez à notre communauté a bien plus de valeur que son coût monétaire. Pourquoi vous est-il si difficile de croire que Ricky Lee voit votre grand cœur et qu'il y tient ? Le pensez-vous donc superficiel ?

— Non, bien sûr que non.

— Alors, ayez foi. Vous voyez en lui ce qu'il y a de bon, il peut le faire aussi vis-à-vis de vous.

Alex ne put s'empêcher de rire.

— Je croyais entendre un sermon, pas recevoir des encouragements.

— Bien entendu, je compte vous voir à l'église dimanche prochain.

— À Oklahoma City, nous n'attirions pas l'attention, mais ici, ce sera différent. Si les gens nous savaient ensemble…

— Eh bien, ce serait pour moi une occasion de leur asséner mon sermon préféré sur l'évangile de Jean 8:7 : *Que celui qui n'a jamais péché jette la première pierre.*

COMME Alex s'y attendait, Ricky Lee ne s'inquiéta nullement d'apprendre les rumeurs qui couraient sur son compte.

— *Un trafiquant de drogue ? Voilà qui est assez drôle vu que je ne bois pas et que je me drogue encore moins. D'un autre côté, je présume que quand on veut réussir dans ce domaine, mieux vaut ne pas consommer ses produits.*

— Je ne comprends vraiment pas pourquoi tu le prends comme ça. Si tu disais la vérité, plus personne ne douterait de toi.

— *Tu voudrais leur gâcher le plaisir ? Ils chercheraient juste une autre raison de me critiquer… et tu passerais en première ligne. Je me fiche qu'on nous sache ensemble, mais ce n'est pas ton cas, si je ne me trompe pas.*

« Sommes-nous vraiment ensemble ? » faillit demander Alex, mais ce n'était pas le genre de discussion qu'il voulait avoir par téléphone. Il se contenta donc de répondre :

— Je suis en train de négocier avec Alaina pour libérer ma soirée de demain, je dois assister à la réunion de la mairie.

Le changement de sujet amusa beaucoup Ricky Lee.

— *Ne me dis pas que tu es également membre du conseil municipal !*

— Non, mais ils vont voter la proposition d'Odell de racheter le terrain de la bibliothèque.

— *Pourquoi le ferait-il ? Si je me rappelle bien, il ne mettait les pieds à la bibliothèque que quand l'entraîneur l'obligeait à suivre des cours de rattrapage en menaçant de l'expulser de l'équipe de foot.*

— C'est le terrain qu'il veut, pas la bibliothèque, expliqua Alex. Il parle d'agrandir son parking et d'étendre sa concession automobile. Il est vrai que le bâtiment de la bibliothèque est vieux et qu'il y a toujours des travaux de rénovation à prévoir. Si le conseil accepte sa proposition, Odell va abattre le bâtiment, les livres seront répartis entre les écoles ou jetés. La bibliothèque disparaîtra définitivement…

Ricky Lee resta silencieux un moment.

— *Étrange qu'il veuille étendre son activité. J'ai récemment lu dans* Forbes *que les ventes d'automobiles ne cessaient de baisser. Vend-il vraiment beaucoup de voitures neuves ?*

— Je n'en sais rien. Je n'y ai jamais réfléchi. Odell a toujours été l'une des plus grosses fortunes de Freeland, même s'il verse une pension alimentaire à ses deux ex-épouses et Brittany semble avoir des goûts de luxe. Sans doute gagne-t-il assez pour se payer tout ça.

— *Crois-tu que sa proposition va passer ?*

— C'est difficile à dire. Lors de la consultation préalable, le public était partagé. Nous avons bien présenté nos arguments en faveur des services que la bibliothèque offre à la communauté, mais notre financement actuel ne nous permet pas de rénover le bâtiment, ni même d'ajouter les livres et les programmes que nous voudrions. Quant à Odell et ses partisans, ils ont insisté sur le fait que si *Tillman Motors* s'agrandit, il y aura de nouveaux emplois et la ville touchera plus de taxes. Sans compter que le maire Findlay est un de ses amis.

— *Cette histoire me paraît te tenir très à cœur, Alex.*

— Tu peux me traiter d'imbécile sentimental, Odell l'a déjà fait, mais j'ai beaucoup d'heureux souvenirs d'enfance dans cette bibliothèque. Outre la lecture proprement dite, c'est là que nous nous sommes rencontrés…

Alex s'arrêta, craignant de trop se révéler.

— *Et c'est là que je t'ai embrassé pour la première fois.*

Alex déglutit la boule qu'il avait dans la gorge. Peut-être la bibliothèque signifiait-elle aussi quelque chose pour Ricky Lee.

— Oui, cet endroit compte beaucoup pour moi, reprit-il. J'ai tout tenté pour convaincre le conseil de voter en notre faveur, mais je crains que ça ne suffise pas.

— *Au lieu de défendre la bibliothèque, tu devrais essayer d'affaiblir la position d'Odell.*

— Comment ?

— *Il prétend qu'il va offrir de nouveaux emplois et payer plus de taxes, mais il ne tiendra parole que s'il vend plus de voitures. Vérifie ses ventes actuelles et si son chiffre d'affaires a augmenté ces dernières années. Obtiens la liste de ses employés et regarde s'il a embauché récemment. Vérifie si ses promesses sont réalisables ou si ce n'est que du vent.*

— Nous aurions dû y penser plus tôt ! se lamenta Alex. Je verrai ce que je peux découvrir en deux jours, mais ça ne me laisse pas beaucoup de temps.

— *Si quelqu'un est capable de le faire, Alex, c'est toi.*

Chapitre vingt et un

— **JE** suis vraiment inquiet, Sam, reconnut Alex au petit-déjeuner, le mercredi matin. Je sens que le conseil va approuver l'offre d'Odell demain soir, sauf si je trouve d'ici là de quoi les faire changer d'avis.

— Tu n'as pas pu fouiller un peu dans les comptes d'Odell ?

Alex arracha un morceau de son rouleau à la cannelle et le contempla d'un air sinistre.

— Quand Ricky Lee m'a suggéré cette idée, ça semblait si facile. Hier, j'ai passé tout mon temps libre à faire des recherches en ligne sur *Tillman Motors* et je n'en sais pas plus qu'au début.

Écartant son assiette vide, Sam se pencha en avant.

— Quels sites as-tu regardés ?

— Le Better Business Bureau : *Tillman Motors* y est noté A +.

Sam fit la grimace.

— Je n'en suis pas surprise : c'est Kenny Waters qui gère le BBB sur Freeland et lui aussi joue au golf avec ce bon vieux Odell.

— Pour être sincère, déclara Alex, je ne vois encore aucune raison de douter de sa notation. Les commentaires sur le site BBB étaient en général favorables. Seuls deux clients mécontents se plaignaient de n'avoir pu récupérer leur nouvelle voiture le jour de son achat. *Tillman Motors* – mais sûrement pas Odell, car je doute qu'il gère en personne ce genre de détails – leur a répondu en disant qu'une voiture neuve doit passer un contrôle concessionnaire pour s'assurer que tout est en ordre et activer la garantie. Les deux clients ont eu leurs véhicules le lendemain.

— Je n'ai jamais compris l'intérêt de contrôler une voiture neuve, mais vu la commission qu'ils encaissent, c'est quand même la moindre des choses que tout soit en ordre, non ?

— Ensuite, enchaîna Alex, j'ai essayé de voir si je pouvais trouver l'évolution des ventes et le détail des nouveaux contrats d'emploi. Toutes les entreprises doivent tenir ce genre de registres pour les impôts et le chômage, mais le public n'y a pas accès. Les petites affaires familiales comme la quincaillerie Morrison ou *Tillman Motors* n'ayant pas d'actionnaires, rien ne nous oblige à publier notre bilan annuel ou à justifier comment nous dépensons nos bénéfices. J'ai essayé d'aller sur le site de Dun & Bradstreet pour en savoir plus sur *Tillman Motors* – notre bibliothèque a accès à leur base de données concernant les profils d'entreprises. Malheureusement, le n'ai trouvé que le basique, le nom du propriétaire, l'adresse, etc. ce que je savais déjà. Odell aurait pu y mettre plus de renseignements, mais bien entendu, il ne l'a pas fait.

— Et les rapports de crédit ? demanda Sam. Toutes les entreprises y sont soumises.

— Oui, mais là encore, l'accès n'est pas libre. Pour les obtenir, il faut justifier une raison légitime, une vente, un prêt, des choses comme ça. Et même si je réussissais à en obtenir, je doute d'y trouver plus que sur le site D & B.

— Ricky Lee doit avoir beaucoup de contacts dans les affaires. Lui as-tu demandé de t'aider ?

Alex fronça les sourcils. Ce matin-là, après leur jogging, il avait été tenté de raconter son échec à Ricky Lee, mais il s'était vite ravisé.

— Non, et je n'en ai pas l'intention. Je dois me débrouiller seul, Sam. Cette histoire ne le concerne pas et je ne veux pas qu'il vienne à ma rescousse comme un noble chevalier sur son beau destrier blanc – ou sa Harley noire. Je ne suis pas une donzelle sans défense.

Sam hocha la tête.

— Je te comprends tout à fait, je réagirais comme toi dans la même situation. As-tu d'autres idées ?

— J'ai trouvé en ligne un article qui parlait justement de la difficulté d'obtenir des informations sur les entreprises privées. L'auteur suggérait de trouver un interlocuteur ayant une relation directe avec la boîte en question : investisseur, banquier ou comptable.

— Je doute que le personnel de la First National Bank de Freeland te laisse jeter un coup d'oeil aux comptes d'Odell.

— Non, mais je connais quelqu'un qui pourrait se laisser convaincre de me parler.

Quand Sam leva un sourcil dans une question muette, Alex enchaîna :

— Willis Hembree. Il est au conseil municipal, mais il est aussi comptable. Odell était nul en maths à l'école, aussi je suis presque certain qu'il délègue sa comptabilité. Hembree ayant le seul cabinet de Freeland, il tient sans doute les comptes de *Tillman Motors*, non ?

— Et tu crois qu'il acceptera de t'en parler ?

— Je ne le saurai qu'en le lui demandant.

Sam se leva et envoya une bourrade dans le dos d'Alex.

— Je vais voir si de mon côté je peux apprendre quelque chose, j'ai aussi mes sources. Bonne chasse, partenaire.

WILLIS Hembree avait un modeste cabinet au rez-de-chaussée d'un bâtiment, dans la rue de la mairie. Petit et chauve ayant dépassé les soixante-cinq ans, il travaillait ici depuis aussi longtemps que remontaient les souvenirs d'Alex. Peu après le décès de Morrison senior, Hembree avait proposé de tenir les comptes de la quincaillerie, mais la mère d'Alex avait refusé, affirmant qu'elle continuerait à s'en charger. À son décès, Alaina était de retour, avec un diplôme qui lui permettait de prendre la suite de sa mère. Hembree avait longtemps eu un associé, mais Charles Adair était décédé l'an passé. *Il n'a pas été remplacé*, constata Alex en voyant le bureau vide à côté de celui du comptable.

Willis Hembree le fit entrer et se leva pour lui tendre la main

— Bonjour, Alex. Asseyez-vous, je vous en prie. En quoi puis-je être utile à la quincaillerie Morrison ?

Alex hésita. Demander de l'aide à Willis Hembree était son dernier recours et maintenant qu'il l'avait en face de lui, il ne savait plus par où commencer

— Ce n'est pas pour la quincaillerie que je suis venu, ni même vraiment pour moi. C'est au sujet du vote de demain soir concernant la proposition d'Odell Tillman pour racheter le terrain sur lequel se trouve la bibliothèque.

— Oui, et alors ?

— Eh bien, certaines questions ont été soulevées…

Alex espérait que Hembree ne lui demanderait pas de précisions,

— … concernant la capacité d'Odell à financer cet achat, s'il est approuvé. Vous êtes le comptable de *Tillman Motors*, aussi espérais-je que vous pourriez me répondre.

Perplexe, Willis fronça les sourcils.

— Que voulez-vous dire ? Quelles sont ces questions ?

En son for intérieur, Alex poussa un soupir de soulagement. *Au moins, il ne nie pas être le comptable d'Odell et il ne m'a pas encore expulsé de son bureau.*

— À l'échelle nationale, les ventes de voitures ne cessent de diminuer, or, Odell prévoit quand même d'étendre ses activités. Les ventes de *Tillman Motors* sont-elles suffisantes pour qu'il puisse financer son projet ?

Le vieil homme ne répondit pas.

— Sans vouloir être impoli, reprit Alex, les dépenses personnelles d'Odell ne sont un secret pour personne. Il s'est fait bâtir l'an dernier une immense maison neuve avec piscine, Brittany jette l'argent par les fenêtres et Odell paie aussi une pension alimentaire à ses deux ex, alors, vous comprenez pourquoi les gens

se demandent s'il a vraiment les fonds nécessaires pour
payer ce terrain

— Je ne peux pas discuter des finances de M.
Tillman, déclara Hembree, que ce soit au niveau
personnel ou professionnel.

D'après Alex, le comptable paraissait troublé.

— Et concernant son personnel, pourriez-vous me
dire si *Tillman Motors* a embauché récemment ?

— Ce n'est pas de mon…

— Il a affirmé devant le conseil que la ville
toucherait plus de taxes, pourriez-vous m'indiquer
si celles qu'il a versées ces dernières années ont
réellement augmenté ?

Willis se leva, l'air sévère.

— Non, je suis désolé, Alex. Je sais que vous tenez
à défendre la bibliothèque, mais je ne peux divulguer
des informations confidentielles sur un de mes clients,
c'est une question d'éthique.

Alex poussa un soupir délibérément bruyant.

— Quel dommage, M. Hembree, vous étiez mon
dernier espoir ! Mais je comprends votre position et je
vous remercie de m'avoir reçu. Au revoir.

ALEX avait déjà verrouillé la porte d'entrée de la
quincaillerie et fermé sa caisse-enregistreuse quand
Sam frappa à la vitrine. Surpris de la voir, il contourna
le comptoir à la hâte pour la laisser entrer.

— J'ai été voir Hembree, annonça-t-il. Comme
je l'avais pensé, il tient la comptabilité d'Odell, mais
il a refusé de m'en parler. Et toi, as-tu trouvé quelque
chose ?

— Je n'ai pas eu le temps de chercher. L'agent
Narcomey m'a appelée cet après-midi. La police tribale

comanche vient d'arrêter un suspect dans le double meurtre du week-end dernier et il a réussi à lui arracher le nom de son revendeur. Nous sommes à sa recherche, ce n'est plus qu'une question de temps.

Alex fut heureux de l'apprendre, même si ça n'améliorait en rien son problème concernant Odell.

— C'est une bonne nouvelle, mais tu aurais pu attendre le petit-déjeuner de demain pour m'en parler.

Sam se rembrunit.

— Je ne suis pas venue pour ça, mais pour te dire qu'on a cherché à voler la Lincoln que Ricky Lee a achetée pour Crae.

— Quoi ? Quand ? Crae n'a rien ?

— Il y a environ deux heures. Et Crae ne la conduisait pas quand c'est arrivé. La Lincoln était garée au parking de l'hôtel. Je me demande bien pourquoi le gars tenait tellement à y entrer ! L'alarme s'est déclenchée, alertant Crae ; il a vu le voleur par la fenêtre et est descendu l'intercepter.

Sam sourit et enchaîna :

— Le gars n'a pas bougé, il n'a pas pris Crae au sérieux au départ. Il a changé d'avis très vite.

— Je le crois sans peine ! s'exclama Alex en riant. Je te rappelle que je l'ai déjà vu en action. A-t-il blessé son voleur ?

— Pas assez pour l'empêcher de s'enfuir, malheureusement. J'ai quand même prévenu tous les hôpitaux et les médecins à proximité pour être avertie si ce gars cherche à se faire soigner. D'après Crae, il aura de sérieuses ecchymoses et du mal à marcher normalement.

— Et Ricky Lee ? N'a-t-il rien entendu ?

— Non, sa fenêtre donne de l'autre côté du bâtiment. Quand il a fini par sortir, le gars avait déjà filé. Crae nous l'a décrit et j'ai récupéré ses empreintes sur la carrosserie de la Lincoln. En plus, j'ai déjà des soupçons.

— Odell ? demanda Alex.

Sam secoua la tête.

— Il n'est pas du genre à se salir les mains, mais il a dû envoyer un de ses sbires pour se venger d'avoir dû laisser Ricky Lee partir avec cette voiture. Il ne l'a certainement pas digéré. J'ignore si son intention était de voler la Lincoln, de la saboter ou de la vandaliser, mais je voulais te prévenir pour que tu ouvres l'œil. Protège bien Ricky Lee. Si Odell est derrière tout ça, il recommencera. Et il est prêt à tout pour atteindre son but.

Chapitre vingt-deux

— **UN** peu de silence, je vous prie, la réunion va commencer, déclara Lewis Boggs, secrétaire du conseil, au public réuni dans la grande salle de la mairie. Pour ceux qui s'adresseront au conseil avant le vote, veuillez vous asseoir de ce côté-ci, à la table qui vous a été réservée. Les autres, installez-vous où vous voulez.

Alex regarda autour de lui. Il y avait moins de monde que lors de la consultation préalable, mais plus, sans doute, que pour une réunion ordinaire. Les cinq membres du conseil s'attablèrent sur la petite estrade, dos au mur du fond, face au public. Le maire Findlay au centre, Lewis Boggs à sa droite, puis Willis Hembree ; à sa gauche, il avait Ty Cochrane, président de la First National Bank de Freeland et trésorier du conseil, et Clint Harris. Une autre table avait été installée à côté, avec deux sièges faisant face aux membres du conseil. Odell était déjà assis sur celui de gauche, devant le maire. Alex prit donc celui de droite.

Il ne s'était pas porté volontaire pour représenter l'opposition devant le conseil municipal, mais il avait été désigné à l'unanimité par les autres représentants de la bibliothèque, tous ayant affirmé qu'il était le meilleur orateur pour présenter leurs arguments. Il ravala donc sa nervosité et jeta un coup d'œil derrière lui : le public occupait peu à peu les chaises pliantes dressées à son intention.

Laura Lou, Jennifer et Andy étaient au premier rang, ainsi que les bibliothécaires des trois écoles – élémentaire, moyenne et secondaire – de Freeland. Les autres semblaient se regrouper en fonction de leurs convictions, d'un côté et de l'autre de l'allée centrale. Alex essaya de garder le moral en constatant qu'il y avait plus de monde derrière Odell que derrière lui.

Le maire s'apprêtait à ouvrir la réunion quand deux nouveaux arrivants se présentèrent : Ricky Lee et Crae. Ils s'installèrent du côté d'Alex. Ce dernier leur fit un signe discret avant de se retourner pour faire face aux membres du conseil. Le matin même, après leur course, il avait raconté à Ricky Lee ce qu'il avait pu apprendre des finances d'Odell, mais son amant n'avait pas évoqué son intention d'assister à la réunion. Sa présence redonna à Alex une confiance dont il avait le plus grand besoin.

Les réunions du conseil municipal suivaient le même processus que celles du conseil de la bibliothèque : d'abord l'appel des membres, puis le secrétaire, Lewis Boggs, lisait le procès-verbal de la réunion précédente et faisait voter son approbation. En suivant, le trésorier,

Ty Cochrane, fit un rapport financier qui fut également approuvé à l'unanimité.

Lewis reprit la parole :

— Le conseil va maintenant examiner les affaires en cours, dont la principale concerne la proposition d'Odell Tillman d'acheter la propriété sur South Wichita Avenue actuellement occupée par la Bibliothèque publique de Freeland.

Le maire enchaîna :

— Le conseil a examiné les avis reçus durant la consultation publique de la semaine dernière, ainsi que le dossier fourni par l'acheteur.

Interloqué, Alex se tourna un œil interrogateur vers Laura Lou et les autres membres de bibliothèque : tous paraissaient aussi surpris que lui. Personne ne les avait prévenus qu'Odell avait remis un dossier au conseil municipal. Alex aurait voulu protester, mais sans trop savoir si ses griefs étaient fondés. Après tout, il ne s'agissait pas d'un procès au tribunal, où chaque parti avait le droit de connaître les armes de l'adversaire.

— Avant de passer au vote définitif, le conseil accepte de recevoir une dernière déclaration pour ou contre la vente proposée. Pour commencer, je donne la parole à notre acheteur, M. Odell Tillman.

« *Notre acheteur* », releva Alex morose. C'était comme si la proposition était d'ores et déjà entérinée, pour le maire, en tout cas. Il fit un gros effort pour que son expression ne le trahisse pas et pivota légèrement sur son siège pour affronter Odell.

Ce dernier se leva et s'adressa au conseil.

— M. le maire, membres du conseil, je tiens tout d'abord à vous remercier d'avoir examiné ma proposition. Vous me connaissez tous et vous savez tout ce que j'ai fait pour Freeland. Me vendre ce terrain permettra à *Tillman Motors* d'en faire encore davantage, même si mes opposants prétendent que Freeland a plus besoin d'une bibliothèque que de taxes et de nouveaux emplois.

Il déformait leurs arguments ! Pourtant, Alex nota des hochements de tête aussi bien à la table du conseil que dans le public.

— Quand on regarde les infos à la télé, continua Odell, on se rend bien compte que le problème existe au niveau national, pas seulement à Freeland. Les aides gouvernementales pour les bibliothèques vont bientôt disparaitre, alors, d'où sortira l'argent pour faire tourner ces gouffres financiers ? De votre poche ! Freeland n'a pas besoin d'un bâtiment délabré pour des informations que chacun de nous peut trouver gratuitement en ligne. Je sais que vous êtes d'accord avec moi, je sais que vous voterez en ma faveur. Merci d'avance.

Il se rassit avec un sourire victorieux, comme s'il était certain d'avoir gagné.

Alex s'éclaircit la gorge et se dressa à son tour.

— Messieurs, une bibliothèque est plus qu'un bâtiment, c'est un portail vers un monde nouveau, celui de la connaissance et de l'imagination mises à la portée de tous, sans distinction d'âge, d'origine sociale et de niveau d'alphabétisation. Les bibliothèques veillent à divulguer l'information et la technologie au-delà des nantis qui sont capables de les payer.

» M. Tillman prétend que son expansion profitera à Freeland, mais personne n'a pu vérifier ses allégations. Par contre, vous pouvez voir tous les jours les avantages de notre bibliothèque, quand les enfants d'âge préscolaire apprennent à lire, quand nos concitoyens d'origine hispanique apprennent l'anglais en seconde langue, quand des chômeurs apprennent l'informatique pour pouvoir trouver de nouveaux emplois, quand tous les habitants de Freeland empruntent ses livres, ses films et sa musique pour enrichir leur vie.

» Si vous approuvez cette proposition, le principal bénéficiaire sera Odell Tillman. Si vous la rejetez, ce sera au profit de tous ceux qui vivent à Freeland. Merci.

Quand il se rassit, des applaudissements éclatèrent derrière lui, rapidement interrompus par un coup de marteau du maire Findlay.

— Merci de vos interventions. La question va être mise aux voix.

Alex posa ses mains sur ses genoux et jeta un coup d'œil à Ricky Lee par-dessus son épaule, heureux de recevoir un grand sourire.

Le maire enchaîna :

— En ce qui concerne la vente proposée du terrain sur l'avenue South Wichita à Odell Tillman, que tous ceux qui sont pour lèvent la main droite.

Lui-même le fit, ainsi que Ty Cochrane. Le cœur en fête, Alex constata qu'il n'y avait que deux votes favorables. Sidéré, le maire tourna la tête de gauche à droite, comme s'il cherchait une autre main, mais plus personne ne bougeait.

Furieux, Findlay fronça les sourcils et baissa la main, Cochrane également.

— Que tous ceux sont contre lèvent la main droite, grinça le maire.

Trois mains se levèrent, celles de Lewis Boggs, de Clint Harris et de Willis Hembree, ce dernier hochant même la tête pour renforcer son vote.

— Deux voix pour la proposition et trois voix contre, constata le maire. La vente est donc refusée.

Alex ne put se retenir davantage, il brandit le poing en signe de victoire. Quand il se retourna, Jennifer

étreignait Laura Lou et Andy. Elle croisa son regard
avec un sourire heureux et entama une petite danse
de victoire. Amusé, Alex cherchait le regard de Ricky
Lee quand la voix d'Odell éclata, coupant court aux
chuchotements qui couraient dans la salle.

— Vous êtes tarés ou quoi ? Vous avez voté pour ce
pédé ? Alex Morrison est un raté, personne ne devrait
écouter un mot de ce qu'il dit ! Et c'est une tarlouze,
il a toujours été une tarlouze, même quand il jouait au
football à Freeland Hill. Il traînait déjà avec ce métis
dégénéré qui devrait être en taule depuis longtemps !

Le doigt pointé, Odell désignait Ricky Lee.

Ça faisait onze ans qu'Alex craignait ce moment :
la dénonciation publique. Et aujourd'hui qu'il y était
enfin confronté, il fut surpris de constater qu'il n'y
accordait en vérité aucune importance : la peur n'avait
plus de pouvoir sur lui. Il réalisait qu'il n'avait pas
honte d'aimer Ricky Lee et qu'il se fichait bien que
tout Freeland soit au courant de ses sentiments, même
si leur relation ne durerait que le temps du séjour en
ville de son amant.

— Techniquement parlant, Odell, je suis bisexuel,
répondit-il avec calme. J'ai couché aussi bien avec des
hommes qu'avec des femmes.

Ricky Lee avança et se rangea à ses côtés.

— Et tu vaux deux fois Odell, jeta-t-il.

— Je dirais plutôt demi-sexuel, Alex, déclara Crae.
Un concept récent qui signifie que vous ne ressentez
d'attraction sexuelle qu'une fois établie une forte
relation émotionnelle ou romantique avec une autre
personne, quel que soit son sexe.

Alex échangea un coup d'œil avec Ricky Lee.

— C'est possible, admit-il. Je ne suis pas certain
d'avoir besoin d'une étiquette. Quelle importance ?

Je reste celui que j'ai toujours été et ma vie privée ne regarde que moi. Je me demande pourquoi tu en fais une telle obsession, Odell, tu as toujours eu une dent contre moi. Autrefois, à l'école secondaire, je te croyais jaloux, mais aujourd'hui, tu as mieux réussi que moi alors, qu'est-ce qui te chiffonne autant ? C'est que je sois bien plus heureux que toi ?

Sans répondre, Odell jeta à Alex et Ricky Lee un regard menaçant et quitta la mairie en grommelant entre ses dents.

L'air perturbé, le maire Findlay rappela le public à l'ordre et conclut rapidement la réunion.

Une fois le marteau retombé une dernière fois, Laura Lou sauta sur Alex et le serra contre son sein parfumé.

— Alex, merci pour ce discours magistral ! Si un membre du conseil doutait encore, je suis certaine que vous l'avez poussé à voter contre la proposition.

À peine Laura Lou avait-elle libéré Alex que Jennifer prit sa place.

— Et félicitations pour être sorti du placard !

— Ça ne vous choque pas ? s'étonna Alex.

— Vous plaisantez ? Vous avez sauvé la bibliothèque, alors, même si vous annonciez préférer les chèvres, nous ne vous en voudrions pas.

— Euh, non, merci.

Andy frappa Alex sur l'épaule.

— Personnellement, je ne sais pas si j'accepterais les chèvres, mais merci encore pour ce que vous avez fait.

La plupart des membres du conseil et le public avaient disparu quand Willis Hembree s'approcha d'Alex, de Ricky Lee et de Crae.

Alex lui tendit la main.

— Merci de votre vote, M. Hembree.

Le vieil homme accepta sa main et la serra entre les deux siennes.

— Je ne pouvais vous donner d'informations sur les comptes d'Odell, vous le comprenez bien, mais je dois reconnaître que vos questions ont éveillé mes doutes et influencé mon vote. De plus, je tiens à vous dire combien je respecte votre courage et votre honnêteté durant la confrontation de ce soir. J'aurais aimé faire la même chose… quand j'avais votre âge.

Il cligna des yeux, comme pour effacer des larmes, et baissa la voix.

— Voyez-vous, Charles Adair n'était pas seulement mon associé. Pendant plus de trente-cinq ans, nous avons été partenaires sans jamais oser nous afficher ensemble en public. Aujourd'hui, je donnerais n'importe quoi pour marcher dans la rue en lui tenant sa main.

Ému jusqu'aux larmes, Alex serra la main de Willis Hembree.

— Je suis vraiment désolé. Mais vous avez pu passer trente-cinq ans avec celui que vous aimiez. Ça doit aussi compter.

Willis Hembree hocha la tête et essuya ses yeux.

— Oui, vous avez raison. Je vous souhaite la même chose.

Alex ne se sentit pas le courage d'évoquer le prochain départ de Ricky Lee. Il se contenta de sourire et regarda le vieil homme quitter la mairie. Il ne restait plus que Ricky Lee, Crae et lui dans la grande salle.

— Mes félicitations, déclara Ricky Lee, tu as gagné. Peux-tu faire un nouvel échange avec Alaina demain ? J'aimerais t'inviter à dîner pour fêter ta victoire.

Alex eut un petit rire.

— Elle accepterait certainement, mais tu connais déjà tous les restaurants de Freeland et je ne suis pas sûr qu'ils vaillent la peine d'y retourner.

— Nous mangerons dans ma suite à l'hôtel.

Alex leva un sourcil sceptique.

— Tu sais faire la cuisine ?

— J'ai bien été obligé d'apprendre à après la disparition de ma mère. J'ai depuis longtemps dépassé les spaghettis et les hot-dogs.

— Qu'en penses-tu, Crae, je peux lui faire confiance ? demanda Alex.

— Non, certainement pas, mais il est bon cuisinier.

— D'accord, alors je pose la question à Alaina et je te confirme dès que possible pour demain soir.

— Dis bien à ta sœur que tu n'oublieras pas de sitôt cette soirée ! promit Ricky Lee.

Si Alex n'en doutait pas, il pensait surtout à la nuit qui suivrait le dîner.

Chapitre vingt-trois

— **ALORS,** qu'est-ce que tu me fais à dîner ce soir ?
demanda Alex le lendemain matin, alors que Ricky Lee
et lui venaient de rentrer après leur footing.

— Aucune idée.

Distrait par la façon dont la poitrine de Ricky Lee
gonflait au rythme de sa respiration, Alex ne réagit pas
immédiatement à cette réponse. *Ce soir*, s'admonesta-
t-il en cherchant à se concentrer sur la conversation.

— Tu es sérieux ou tu cherches encore à jouer les
mystérieux pour me faire une surprise ?

Ricky Lee carra les épaules.

— La cuisine Jennings base ses créations sur une
sélection de produits locaux en fonction des offres
du marché. Le chef est réputé pour son innovation
constante, son imagination et la qualité de ses produits.

— Facile à dire quand on vit sur la côte Ouest, déclara Alex avec un sourire. Mais par ici, les légumes poussent le plus souvent au fond du jardin potager. Je doute que tu trouves des produits dignes de ton talent.

— Je t'accorde que je vais devoir me contenter de l'IGA [17], admit Ricky Lee. Si je me souviens bien, tu n'aimes pas le foie, sinon, j'ai le champ libre.

— J'apprécie tes efforts.

Ricky Lee eut un sourire prédateur.

— Je sais, tu me l'as déjà dit à OKC. Je pense que ce soir encore, je saurais te satisfaire.

Alex décida qu'il avait le plus grand besoin d'une douche froide. Il tira sur son tee-shirt et déclara :

— Il va falloir que j'ouvre le magasin. Si tu ne te sauves pas très vite, je te saute dessus.

— Et c'est censé me terroriser ?

Sans tenir compte des éventuels passants, Ricky Lee empoigna Alex à bras le corps et lui malaxa le cul à deux mains. En même temps, il l'embrassa en se frottant contre lui, prouvant sans le moindre doute qu'il était tout aussi excité.

— Tu devines ce qui t'attend après le dîner, annonça-t-il en reculant d'un pas.

Encore plus essoufflé, Alex regarda Ricky Lee enjamber sa Harley et s'en aller.

IL fut heureux d'avoir à travailler ce matin-là pour se changer les idées. En fait, le temps passa plus rapidement qu'il l'avait prévu. Alaina venait juste de

17 *Independent Grocers Alliance* (« Groupement des épiciers indépendants »), chaîne de supermarchés franchisés, présente principalement aux États-Unis…

passer lui demander ce qu'il voulait pour déjeuner quand Sam entra dans la quincaillerie.

Alex ne l'avait jamais vue aussi agitée. Il s'approcha pour l'interroger, mais elle ne lui en laissa pas le temps :

— Ricky Lee vient d'être arrêté ! J'ai déjà prévenu Crae, mais je me suis dit que tu voudrais aussi venir au poste.

Alex essaya d'imaginer ce que Ricky Lee avait bien pu inventer depuis son départ ce matin.

— Qu'a-t-il encore fait ? demanda-t-il.

— Hankins, qui l'a contrôlé, a trouvé de la drogue dans sa voiture, déclara Sam, le visage très sombre. Je ne sais pas pourquoi Ricky Lee ne conduisait pas sa Harley, mais la Lincoln était pleine de cocaïne.

Alex secoua la tête.

— Il m'a invité à dîner ce soir, alors, il allait faire des courses. Je présume qu'il pensait que les sacoches de sa Harley ne seraient pas assez grandes. J'ignore pourquoi il y avait de la drogue dans la voiture, Sam, mais Ricky Lee n'y est pour rien, et tu le sais comme moi.

— Bien sûr, mais le sac faisait au moins un kilo. S'il est condamné, il risque de passer une éternité en prison.

Alex la fixa, horrifié. *Ce n'est pas possible. Pas possible.*

Alaina le poussa vers la porte

— Vas-y, Xan, je m'occupe de la quincaillerie. Va aider Ricky Lee.

Sans se faire prier, Alex sortit avec Sam. Une fois sur le trottoir, il hésita :

— Je monte avec toi ?

— Non, prends ta voiture et vas chercher Crae, d'accord ? Je vous attendrai tous les deux au poste. Crae n'a pas le permis moto et la Lincoln a été confisquée.

— Bien sûr. Et je raccompagnerai Ricky Lee dès que sa caution aura été payée.

— Je doute que le chef Cowart accepte une liberté sous caution, déclara Sam. Il a déjà téléphoné au DA à Lawton pour porter des accusations. De toute façon, la possession de drogue est un crime fédéral, nous n'avons pas l'autorité nécessaire pour libérer Ricky Lee. Seul un juge peut décider d'une caution, mais ça prend dans les vingt-quatre heures et nous sommes vendredi. Rien ne sera possible avant lundi. Et comme Ricky Lee n'est pas domicilié en Oklahoma, je ne suis pas certaine que le juge le libérera, craignant sans doute de le voir prendre la fuite.

— Que va-t-il se passer, alors ?

— Nous allons le garder jusqu'à lundi, sauf si le DA préfère l'envoyer directement au centre de détention de Lawton.

— Merde !

La situation s'annonçait pire encore qu'Alex l'avait imaginée.

— Je vais chercher Crae, enchaîna-t-il. Je suis certain que Ricky Lee a un bon avocat et Crae pourra le contacter, s'il ne l'a pas déjà fait. Je te rejoins au poste aussi vite que possible.

— Inutile de faire des excès de vitesse, le prévint Sam. La situation est bloquée, tu as tout ton temps, je le crains.

CRAE, qui attendait devant l'hôtel, monta dans le pick-up à peine Alex s'était-il arrêté.

— Je viens d'avoir notre avocat, annonça-t-il, mais son domaine d'expertise n'est pas le droit pénal. Il cherche un confrère qui exerce à Lawton ou à Oklahoma City auquel nous adresser. D'après ce qu'il m'a dit, nous sommes dans une merde noire, Alex.

Frustré, Alex frappa son volant.

— Sam est arrivée à la même conclusion. Ricky Lee doit regretter d'être revenu à Freeland !

— Ne m'en parle pas ! Je m'en veux déjà assez de le lui avoir suggéré, mais il tenait à te revoir et vos retrouvailles sont tout ce qui compte à ses yeux. N'en doute surtout pas. Bon, nous allons régler ce problème. Nous y mettrons le temps qu'il faudra.

Quand ils arrivèrent au poste, Sam les attendait. Elle les emmena directement dans son bureau.

— Peut-on voir Ricky Lee ? demanda Alex.

— Mieux vaut ne pas le demander. Le chef Cowart vient d'interroger Ricky Lee qui refuse de dire un mot sans être assisté d'un avocat.

Du regard, elle interrogea Crae.

— Nous aurons bientôt un avocat spécialisé en droit pénal inscrit au barreau de l'État d'Oklahoma, répondit-il. J'attends des nouvelles de notre avocat de Portland.

Sam fronça les sourcils.

— Techniquement, nous pouvons refuser à un suspect de recevoir des visites sous un prétexte ou un autre. Le chef est tellement en colère qu'il n'hésiterait pas à vous empêcher de voir Ricky Lee. Par contre, ajouta-t-elle rapidement pour couper court à la protestation qu'Alex s'apprêtait à lancer, il ne peut légalement lui refuser la présence d'un avocat.

— Pourquoi sa voiture a-t-elle été contrôlée ? demanda Crae.

— Il y a quelques jours, nous avons eu un appel anonyme dénonçant Ricky Lee comme étant le trafiquant que nous recherchons.

— Alaina a entendu Stephanie en parler, déclara Alex. Je croyais que cette rumeur était sans fondement.

— Bien entendu, confirma Sam, d'autant plus que les premiers incidents se sont produits bien avant le retour de Ricky Lee. Mais Greg Hankins en veut à Ricky Lee depuis qu'il l'a contrôlé le jour de son arrivée, aussi cherchait-il le moindre prétexte pour l'arrêter. Je n'arrive pas à croire qu'il ait *justement* trouvé de la drogue dans cette Lincoln !

— S'il a fouillé la voiture sans raison valable, n'est-ce pas un motif pour rejeter l'accusation devant le tribunal ? demanda Crae.

— Peut-être, mais ça ne le fera pas sortir plus vite de prison, répondit-elle.

Alex perdait patience.

— Alors on fait quoi ? Rien, sinon s'asseoir ici et attendre ?

Ses entrailles se déchiraient comme si le monstre des films *Alien* s'apprêtait à en jaillir.

— En fait, reprit Sam à mi-voix, j'ai une autre piste : l'agent Narcomey m'a appelée il y a quelques minutes pour m'annoncer l'arrestation du dealer d'un suspect qu'ils ont récemment intercepté pour une affaire de meurtre. Un nouveau nom vient de tomber : Jordan Hicks. C'est lui qui a remis de la cocaïne au dealer. Je vous rappelle que Jordan Hicks est mécanicien chez *Tillman Motors*. Ça devient intéressant, non ?

— Je le connais, déclara Alex. Il était à Freeland Hill dans la classe d'Alaina.

— To'mo est passé vérifier chez Tillman : Hicks est en absence maladie depuis deux jours. To'mo est en route pour aller chez lui.

— Je croyais que la police tribale n'intervenait que quand le suspect était un Indien, s'étonna Crae.

— Non, répondit Sam, pas en Oklahoma. Depuis quelques années, la loi reconnaît les mêmes droits à la police tribale qu'aux polices d'État. C'était ridicule, surtout dans les casinos, que les agents doivent passer par un intermédiaire pour arrêter un délinquant. Et quand une enquête intervient sur plusieurs territoires juridictionnels, comme c'est le cas pour cette affaire de drogue, nous coopérons entre polices. Si To'mo décide d'arrêter Hicks, il le conduira ici afin que nous l'interrogions ensemble.

Sam se tut quand le téléphone de son bureau sonna.

— Burchart, dit-elle en décrochant.

Elle écouta un moment et hocha la tête.

— Parfait, faites-les entrer. Je vais les conduire en salle d'interrogatoire.

Pendant qu'elle raccrochait, Alex vit To'mo entrer dans le poste escortant un jeune homme menotté, blond et maigre.

— C'est lui qui a tenté de forcer la Lincoln ! annonça Crae à Sam.

— Je comprends mieux pourquoi il ne peut plus travailler depuis deux jours.

— Crois-tu qu'il ait pu mettre de la drogue dans la voiture pour faire porter le chapeau à Ricky Lee ? demanda Alex.

— Non, intervint Crae, je suis prêt à jurer l'avoir intercepté avant qu'il entre.

Sam se leva, l'air songeur.

— Agent Narcomey, merci pour votre aide. Suivez-moi, je vais vous montrer notre salle d'interrogatoire.

— Bonjour, agent Burchart.

Puis To'mo salua Alex et Crae, et fit passer son prisonnier devant eux. Relevant la tête, Hicks aperçut Crae et se débattit.

— C'est un dangereux taré ! hurla-t-il en le désignant. Il m'a mis un coup de genou qui a failli me faire sauter les couilles !

Sam intervint :

— Vous reconnaissez donc avoir tenté de forcer la Lincoln de Ricky Lee Jennings il y a deux jours ? De toute façon, nous avons relevé des empreintes digitales sur la carrosserie, il me suffit de les comparer aux vôtres.

Tournée vers Alex et Crae, elle ajouta :

— Attendez ici. Je reviens dès que possible.

ENVIRON vingt minutes plus tard, elle réapparut.

— J'adore les délinquants qui se croient assez intelligents pour se passer d'un avocat ! Mais Jordan Hicks n'a pas la carrure d'un trafiquant à haut niveau. Ce n'est qu'un minable petit revendeur. Entre les témoignages de Crae et To'mo, et ses empreintes digitales sur la Lincoln, nous avons de quoi l'inculper de vol et de revente de drogue. Malheureusement, il s'entête dans le silence. Je lui ai demandé si Odell l'avait envoyé forcer la Lincoln, mais il prétend que c'est juste son patron et qu'il est payé par *Tillman Motors* pour vérifier les voitures neuves, rien de plus.

Un souvenir revint en mémoire d'Alex.

— Sam, rappelle-toi ce qui s'est passé quand tu as convaincu Ricky Lee de retourner chez *Tillman*

Motors remplir son dossier de vente pour la Lincoln. Odell a demandé à Matt Skerring d'appeler Hicks pour le contrôle concession, pas vrai ?

Sam acquiesça.

— Oui, mais il n'a pas eu lieu, car Hicks n'était pas encore arrivé ce matin-là… et Ricky Lee ne voulait pas attendre.

— Sur le site BBB, insista Alex, deux clients se plaignaient d'avoir dû attendre vingt-quatre heures leur voiture neuve à cause de ce contrôle concession. Et si Hicks, sur le parking de l'hôtel, n'essayait pas de mettre de la drogue dans la Lincoln, mais tout simplement de récupérer celle qu'il savait se trouver à l'intérieur ?

— Nom d'un chien ! s'exclama Sam. Tu crois que la drogue arriverait dans les voitures d'Odell ?

— Les Lincoln sont montées au Mexique, déclara Crae. Ainsi que beaucoup d'autres modèles automobiles.

Sam était de plus en plus excitée.

— Or, quatre-vingt-dix pour cent de la cocaïne qui entre aux États-Unis vient d'Amérique du Sud et transite par le Mexique. Ça pourrait être un coup énorme ! J'ai de nouvelles questions à poser à notre ami M. Hicks.

TRENTE minutes plus tard, elle revint les retrouver.

— Cette fois, Hicks a compris que c'était foutu et bien entendu, il refuse de payer les pots cassés. Il a tout avoué, les livraisons régulières de drogue sur les voitures neuves qui arrivent chez *Tillman Motors* en provenance du Mexique. Il était chargé de récupérer la marchandise sous couvert de ce fameux contrôle

concessionnaire et de l'envoyer à un complice, à
Lawton. Il s'est abondamment plaint qu'Odell gardait
la part du lion et que lui n'était pas assez payé pour les
risques encourus, alors, il a eu l'idée de prélever sa part
en douce et de se lancer aussi dans la revente.

— Comment diable Odell a-t-il pu se mettre en
cheville avec un cartel mexicain ? demanda Alex.

— Je suis sûr que la DEA tiendra aussi à le
savoir. To'mo est en train d'appeler leur bureau à
Oklahoma City.

Sam soupira. Et ajouta :

— Et maintenant, je dois aller parler au chef
Cowart. D'après Hicks, *Tillman Motors* attend une
livraison cet après-midi. Avec un peu de chance, la
DEA réagira vite et leurs agents nous rejoindront à
temps pour un flagrant délit. Si nous trouvons la drogue
que Hicks nous promet, nous pourrons arrêter Odell et
libérer Ricky Lee.

LES quatre heures qui suivirent furent les plus longues
qu'Alex ait vécues de toute sa vie. Crae s'entretint au
téléphone avec un avocat de Lawton, mandaté par son
confrère de *Polynomial Software*. Il ne fit que confirmer
les dires de Sam : il ne pouvait rien faire pour Ricky Lee
avant lundi, quand une audience préliminaire devant le
juge de district fixerait la caution. Il proposa de venir
à Freeland et de s'entretenir avec la police locale,
mais il doutait d'en tirer des résultats probants, même
en invoquant le harassement policier. Crae raccrocha
après avoir promis que Ricky Lee reprendrait bientôt
contact.

En son for intérieur, Alex priait pour que l'intervention prochaine de la DEA chez *Tillman Motors* disculpe son amant.

Sam et To'mo revinrent vers vingt heures et s'enfermèrent un long moment avec le chef Cowart avant de pouvoir informer Alex et Crae de ce qui s'était passé.

— Hicks disait vrai, annonça Sam, la DEA a trouvé douze kilos de cocaïne dans les voitures encore sur remorque. Odell a essayé de prétendre n'être au courant de rien, mais j'ai averti les fédéraux du témoignage de Hicks et rappelé l'insistance d'Odell sur le « contrôle concessionnaire ». Ils l'ont emmené en détention à Oklahoma City. Il est accusé de trafic de drogue à grande échelle.

— Et Ricky Lee ?

— Nous avons réussi à convaincre le chef Cowart que son seul tort a été de refuser d'attendre le contrôle concessionnaire de la Lincoln, empêchant ainsi Odell de récupérer la drogue. Ils sont en train de le relaxer.

— Je n'arrive pas croire qu'Odell soit impliqué dans un trafic de drogue ! s'exclama Alex. Pourquoi faire transiter d'aussi grosses quantités de cocaïne dans patelin comme Freeland ?

— C'est une idée assez futée, au contraire, répondit To'mo. Les petites villes sont bien moins surveillées que les grandes cités.

— Et nous n'aurions peut-être jamais rien soupçonné, ajouta Sam, si Jordan Hicks ne s'était pas mis à voler de la marchandise pour la revendre localement.

— Au moins, déclara Alex, nous savons pourquoi Odell voulait acheter le terrain de la bibliothèque et comment il pouvait se permettre de le payer. Étendre sa concession lui aurait permis de faire passer encore plus de drogue dans encore plus de voitures neuves.

Le chef Cowart les rejoignit sur ses entrefaites, Ricky Lee sur ses talons.

— Tu es libre, grogna-t-il, mais je te conseille de rentrer chez toi le plus vite possible.

— C'est bien mon intention.

Alex n'eut pas le temps de réagir à ces paroles, Ricky Lee se tournait déjà vers Sam et To'mo :

— Si c'est bien compris, c'est à vos efforts que je dois ma libération.

— C'est Alex qui a fait la connexion avec Odell, précisa Sam. Nous nous sommes contentés de faire notre boulot de flics.

To'mo tendit la main à son cousin.

— Je regrette que tu ne restes pas à Freeland, mais n'oublie pas la famille que tu as ici. À ton prochain passage, je serai heureux de te la présenter.

Sans répondre, Ricky Lee accepta la main tendue, puis il s'approcha d'Alex et de Crae.

— On peut s'en aller maintenant ?

Sam hocha la tête.

— Bien sûr, allez-y. Je m'occupe de remplir la paperasserie pour que la Lincoln te soit rendue le plus vite possible, mais vu l'heure, ce sera demain au mieux demain.

— Tant que moi, je sors, ça ne me gêne pas qu'elle reste ici cette nuit, marmonna Ricky Lee.

— Nous allons être un peu serrés tous les trois dans mon pick-up, mais nous devrions entrer, annonça Alex.

Il prit Sam dans ses bras avant de quitter la salle et lui murmura à l'oreille :

— Merci pour tout.

— Je n'ai fait que mon travail.

LE silence régna entre les trois hommes durant le trajet jusqu'au parking de l'hôtel. Avant de descendre, Crae annonça :

— Je vais prévenir l'avocat à Lawton que nous n'avons plus besoin de lui.

Peu après il entrait dans l'hôtel et disparaissait à l'intérieur.

Alex attendit encore un moment, puis jeta :

— Je présume que tu n'as plus trop envie de faire la cuisine ?

Ricky Lee se tourna vers lui.

— Je ne suis même pas arrivé jusqu'à l'IGA ! Alex, je parlais sérieusement : je rentre à Portland le plus vite possible, juste le temps d'emballer mes affaires.

Alex avait toujours su que ce moment arriverait un jour. Pourtant, la douleur lui coupa le souffle. Il n'avait plus de voix.

— Viens avec moi, insista Ricky Lee. Oublions une bonne fois pour toutes cette ville de merde !

Alex secoua la tête, sans trop savoir s'il avait envie de rire ou de pleurer.

— Juste comme ça ? Pour toi, tout est si simple, Ricky Lee, tu décides et tu agis aussitôt. Je ne suis pas comme ça. Je ne peux pas être aussi impulsif. J'ai besoin de temps pour réfléchir, pour être certain de faire le bon choix.

— Parce que tu doutes encore de ce que nous avons ensemble ?

Alex en eut la poitrine encore plus douloureuse.

— Non ! Ce n'est pas ça.

Comment s'expliquer de façon à ce que Ricky Lee le comprenne ? Il reprit à mi-voix :

— Ma vie est loin d'être aussi brillante que la tienne, mais tout ce que j'ai se trouve à Freeland. Que ferais-je à Portland ?

— Ce que tu veux. Pour commencer, tu pourrais constituer un dossier de restauration complète du bâtiment qui abrite ta bibliothèque. Nous y ajouterions un centre pour jeunes LGBTQ, ça rendrait dingues les culs serrés de ce patelin. Et *Polynomial Software* consacre vingt pour cent de ses bénéfices annuels pour aider de nouvelles start-ups à se financer. Tu pourrais m'aider à gérer ce programme. Ou reprendre tes études, tout ce que tu veux.

— Je ne dis pas non, Ricky Lee, mais je ne peux te répondre sur-le-champ. J'ai besoin de temps pour prendre cette décision.

— D'accord, prends ton temps, mais pas trop. Je tiens vraiment à partir d'ici.

Il caressa le flanc d'Alex et ajouta :

— Pourquoi ne pas venir réfléchir dans ma chambre ?

Alex tressaillit.

— Non, merci, je ne saurais pas te résister et je dirais oui à tout. Je préfère avoir l'esprit clair pour peser ma décision.

Ricky Lee prit l'air buté, comme s'il envisageait de jeter Alex sur son épaule et de l'emporter jusque dans sa chambre. Il se reprit cependant et secoua la tête.

—Comme tu veux. Merci de m'avoir raccompagné.

Il sortit du pick-up, mit les mains dans ses poches de son jean et s'éloigna sans se retourner.

Chapitre vingt-quatre

ALAINA se précipita sur Alex dès qu'il entra dans l'appartement.

— Que s'est-il passé ? Ricky Lee est-il toujours en prison ?

Alex frotta son front où pulsait une migraine.

— J'aurais dû t'appeler plus tôt pour te tenir au courant, mais je n'y ai pas pensé… Je crois que j'étais en état de choc.

Il relata à sa sœur les évènements de l'après-midi et de la soirée, en terminant par l'arrestation d'Odell et la libération de Ricky Lee.

Alaina secoua la tête.

— Waouh ! J'ai toujours su qu'Odell était un sale con, mais je ne l'aurais pas cru à ce point criminel.

— Je suis certain que la nouvelle va en surprendre beaucoup, déclara Alex.

Il parlait d'une voix sans timbre. Les émotions de la journée l'avaient épuisé, physiquement et émotionnellement.

— Ricky Lee doit être soulagé que cette affaire se soit aussi vite réglée !

Alex soupira.

— En fait, il en a ras le bol de Freeland. Il retourne en Oregon. Il m'a demandé de partir avec lui.

Alaina releva vivement la tête.

— Et qu'as-tu répondu ?

— Qu'il fallait que je réfléchisse.

— Oh, Xan !

Elle lui prit le bras et l'entraîna jusqu'au canapé. Quand il fut assis, elle prit place à côté de lui et resta silencieuse pendant quelques instants.

— Xan, tu n'imaginais quand même pas qu'il allait rester ? demanda-t-elle.

— Il n'est pas…

Alex hésita, mais il ne voyait plus aucune raison de cacher à Alaina la vérité : après tout, Ricky Lee s'en allait bientôt.

Il enchaîna donc :

— Il possède une société de logiciels à Portland. Il est riche à millions.

S'il avait cru surprendre Alaina, ce ne fut pas le cas.

— Je le savais ! Voilà pourquoi il a lâché aussi facilement plus de quarante mille dollars ! Et j'étais certaine qu'il ne s'agissait pas d'argent sale.

— Tu as sans doute été la seule à croire en lui.

Alaina lui prit la main.

— Xan, ce n'est pas à moi de te dire comment vivre ta vie, mais tu tiens à lui, c'est évident. Peut-être doutes-tu encore qu'il te rende tes sentiments, mais ne te crois surtout pas obligé de rester ici à cause de moi. Tu n'as plus aucune obligation envers moi.

— Je ne peux quand même pas te laisser la quincaillerie sur les bras !

— Je ne te l'ai jamais dit, mais je te suis infiniment reconnaissante d'avoir pris les choses en mains quand papa est tombé malade. Je sais que tu avais d'autres projets et tu as tout laissé tomber pour rentrer à la maison. Aujourd'hui, la situation est différente. Contrairement à toi, je suis heureuse à Freeland. Bien sûr, je déteste les potins et la mesquinerie de certaines personnes, mais ça me plaît de vivre dans une petite communauté où je connais tout le monde. À université, je me sentais perdue.

Avec un gentil sourire, elle ajouta :

— Tu vois, tu n'es pas indispensable. Je m'en sortirais sans toi. Je te rappelle que j'ai un diplôme de management d'entreprise.

Alex savait qu'elle disait vrai.

— Tu t'en tirerais très bien, reconnut-il.

Elle lui donna un petit coup d'épaule et se leva.

— Tu me manquerais, bien sûr, mais tu pourrais toujours me rendre visite pendant les vacances. Maintenant, va te coucher et réfléchis à tout ça sans te prendre la tête. Le plus important, Xan, c'est d'écouter ton cœur.

Alex se redressa aussi et la serra dans ses bras.

— Je t'aime, Lan.

— Moi aussi, grand frère.

Alex était certain de passer la nuit à se tourner et se retourner dans son lit, mais il s'endormit à peine la tête sur l'oreiller, assommé par le stress de la journée.

EN temps normal, le claquement régulier de ses chaussures sur l'asphalte avait tendance à calmer Alex. Pas ce matin-là. Ses pensées ne le laissaient pas en paix. Peut-être était-ce parce que pour la première fois depuis une semaine, Ricky Lee ne courait pas à ses côtés. *Voilà ce qui t'attend si tu refuses sa proposition,* comprit-il.

Alors, pourquoi rester ? Faire son coming-out devant le conseil municipal s'était avéré bien plus facile qu'il ne l'avait prévu. Certes, Odell s'était montré odieux, exprimant une opposition que ses amis partageaient certainement, mais depuis son arrestation, sa réputation et son influence sur l'opinion publique avaient dû sombrer. Et Willis Hembree n'avait pas été le seul à féliciter Alex de sa franchise après la réunion du conseil municipal, plusieurs clients – et même un parfait inconnu – étaient passés la quincaillerie pour lui confier le cas d'amis, de cousins ou d'enfants homosexuels, lesbiennes, bisexuels ou transgenres, et combien c'était agréable de savoir qu'ils n'étaient pas seuls. Seul le temps indiquerait si sa révélation provoquerait une baisse du chiffre d'affaires de la quincaillerie Morrison, mais Alex soupçonnait que non. La rumeur serait oubliée avec le prochain scandale, comme d'habitude. Donc il ne craignait plus vraiment de subir un ostracisme pour avoir revendiqué son orientation sexuelle.

Et laisser Alaina gérer seule la quincaillerie n'était plus, comme Alex l'avait cru, un obstacle insurmontable. Elle était clairement prête à le faire, sinon impatiente de prouver ses capacités. Si Alex décidait de s'en aller, elle embaucherait un magasinier pour l'aider, ce qui serait financièrement possible avec la part des bénéfices qu'Alex lui abandonnerait.

Avant le retour de Ricky Lee, il avait souvent rêvé d'échapper à Freeland et de reprendre sa carrière de lobbying, tout en considérant que ce serait un nouvel échec de sa part : abandonner l'héritage de ses parents pour d'égoïstes raisons. Ricky Lee et le père John avaient presque réussi à le convaincre que ce qu'il avait toujours considéré comme des échecs était tout simplement des choix de vie auxquels chaque humain se trouvait un jour ou l'autre confronté.

Alex essaya d'imaginer ce que serait sa vie s'il avait pris d'autres décisions : continuer à jouer au football à l'université dans l'espoir d'être sélectionné à la NFL avant que ses blessures le mettent définitivement sur la touche, ou pire, le laissent handicapé à vie ; rester marié à Katie et devoir en permanence endurer le remord d'avoir laissé péricliter la quincaillerie familiale, piégé dans une relation qui avait toujours été plus amicale que passionnelle ? Non, il réalisait maintenant avoir fait les bons choix, surtout en sachant ce qu'il savait désormais sur lui-même. Il ne regrettait plus rien. Ces décisions avaient formé l'homme qu'Alex était désormais et il s'était trouvé à Freeland quand Ricky Lee était revenu.

Il ne supportait même pas d'envisager avoir pu rater cette seconde chance.

Une fois cette conviction ancrée en lui, le choix lui devint facile. Il irait avec Ricky Lee à Portland, ou ailleurs, là où la vie les emporterait. Pour être heureux, il avait besoin de Ricky Lee.

Les aboiements de Buck l'arrachèrent à ses pensées. Il arrêta de courir et mit les mains sur ses genoux, laissant à son pouls le temps de se calmer. Il ne s'était pas encore redressé pour savoir ce qui avait provoqué l'excitation du chien quand un grondement profond lui parvint aux oreilles. Ricky Lee ?

À sa grande surprise, ce ne fut pas la Harley, mais la Challenger qui se gara le long du bas-côté.

Ricky Lee descendit sa vitre, côté conducteur, laissant le moteur au ralenti.

— Je t'emmène ?

— Il n'est pas classique de faire du stop quand on fait de l'exercice, répondit Alex en s'approchant de la voiture.

— Je suis pressé ce matin. J'ai quelque chose à te dire et j'aimerais en discuter dans un endroit plus discret que le *Coffee Pot*.

Alex se demanda pourquoi Ricky Lee était dans la Challenger. Sans doute était-il passé à la quincaillerie en espérant attraper Alex avant son départ. Puis Alaina devait lui avoir donné les clés de la Challenger pour pouvoir ramener Buck. Sans plus discuter, Alex ouvrit la portière du passager et baissa le siège avant pour laisser Buck passer à l'arrière. Il remit le siège en place et s'installa lui-même.

— J'ai aussi quelque chose à te dire, annonça-t-il, en claquant sa portière.

Ricky Lee lui donna le temps d'attacher sa ceinture, puis redémarra. Au lieu de faire demi-tour pour retourner en ville, il remit la capote et accéléra. Quand la Challenger prit de la vitesse, Buck planta ses griffes dans le cuir du siège arrière pour ne pas être renversé.

— Alors, que voulais-tu me dire ? demanda Alex par-dessus le rugissement du moteur.

— Je t'enlève.

— Encore ? Et cette fois, Buck vient avec nous ?

Ricky Lee changea de vitesse, puis prit la main d'Alex dans la sienne. Il la leva jusqu'à ses lèvres et déposa un baiser sur ses doigts avant de les relâcher.

— Oui, j'ai pensé que tu ne voudrais pas t'en séparer.

Alex se mit à rire. Ricky Lee lui sourit et enchaîna :

— Je t'avais promis de te donner le temps de réfléchir, mais je me méfie : plus tu y penseras, plus tu trouveras des arguments pour rester ici. Je refuse de te laisser gâcher nos deux vies !

— J'avais décidé d'accepter, Ricky Lee, tu n'avais pas à me kidnapper.

— Peut-être, mais je préfère ne courir aucun risque. Je ne veux pas passer après ton sens de l'honneur, du sacrifice ou je ne sais quoi. En plus, nous coupons court aux adieux larmoyants.

— Et je suppose qu'Alaina a déjà préparé mes bagages ?

Aussi fou que ça paraisse, Ricky Lee avait raison. Alex n'était pas du genre impulsif, mais maintenant qu'il avait fait son choix, il était impatient de commencer sa nouvelle vie avec Ricky Lee.

— Pas cette fois. Nous achèterons en cours de route tout ce dont tu as besoin.

La Challenger filait de plus en plus vite sur la route déserte.

— J'ai toujours voulu savoir ce que ce moteur avait dans le ventre ! jeta Ricky Lee.

La poitrine d'Alex était agitée d'un rire jeune et spontané.

— Fais attention quand même, les limitations de vitesse sont bien plus strictes qu'autrefois. Et cette portion de route est toujours surveillée par la po…

Il ne put terminer son avertissement : une voiture de patrouille, cachée à un carrefour, s'élança derrière eux, toutes sirènes hurlantes. Ricky Lee jeta un coup d'œil dans le rétroviseur comme s'il envisageait de ne pas répondre à l'injonction.

Alex posa une main sur son genou.

— S'il te plaît. Ne fais pas ça.

— C'est bien pour te faire plaisir.

Ricky Lee ralentit et s'arrêta sur le bas-côté. L'autre voiture se gara derrière eux. Alex poussa un soupir de soulagement en voyant Sam en sortir et avancer vers eux. Avec un sourire, Ricky Lee baissa sa vitre.

— Savez-vous à quelle vitesse vous rouliez, M. Jennings ? demanda Sam.

— Pas loin de deux cents, à vue de nez, mais j'aurais pu aller plus vite si vous ne m'aviez pas arrêté, agent Burchart.

— Au moins, vous n'étiez pas en zone urbaine !

Sam secoua la tête et sortit son carnet de PV.

— Il me kidnappe ! s'exclama Alex, hilare.

Sam toisa Ricky Lee de son air le plus sévère.

— Vraiment ? Votre cas s'aggrave à vue d'œil. Je sais que vous n'êtes pas le propriétaire de ce véhicule, alors, nous disons… excès de vitesse, enlèvement, vol de véhicule vintage…

Buck aboya et sortit la tête par la vitre ouverte pour attirer l'attention de Sam.

— Et *dognapping* aussi ? Ricky Lee, ça va vous coûter une fortune.

Comme elle souriait en parlant, Alex n'était pas très inquiet.

— Qu'est-ce que tu fais là, Sam ? Ce n'est pas ta zone habituelle.

— Crae m'a appelée pour m'annoncer votre départ. Je voulais vous dire au revoir.

Ce serait le plus difficile, réalisa Alex, malheureux de quitter Alaina, Sam et les autres amis qu'il avait à Freeland. Heureusement, Ricky Lee avait les moyens de lui permettre de revenir leur rendre visite, ou de les inviter tous à Portland, ce qu'ils pourraient organiser régulièrement.

Ricky Lee fit rugir son moteur.

— Tu penses vraiment pouvoir nous mettre en prison, Sam ? Je doute que tu puisses me rattraper.

— En y réfléchissant, je vais peut-être ne pas te mettre un PV… si tu m'invites au mariage.

Les sourcils de Ricky Lee se levèrent.

— Quel mariage ? Nous n'en sommes pas encore là !

Sam posa la main sur les menottes qu'elle avait à la ceinture.

— Ricky Lee, si tu ne comptes pas te conduire honorablement avec mon ami Alex, je te ramène à Freeland et je te jette en prison. À toi de choisir.

Ricky Lee tapota le volant de ses doigts comme s'il réfléchissait.

— Tu es dure en affaires, Sam. Qu'en dis-tu, Alex ? Acceptes-tu de m'épouser pour me sauver des tracasseries policières ?

Alex éclata de rire et secoua la tête.

— Non, sombre idiot, mais je le ferai parce que je t'aime.

Il passa les doigts dans les longs cheveux noirs de Ricky Lee et scella sa déclaration d'un baiser. Quand ils finirent par se séparer, Alex posa son front contre celui de Ricky Lee.

— Qui peut refuser une proposition aussi romantique ?

Sam avait remis son carnet de PV dans sa poche.

— Bon, alors, c'est réglé. Bon voyage ! Roule prudemment et respecte les limitations de vitesse, au moins jusqu'à ce que tu sortes de ma juridiction.

— Attends, Sam !

Alex ouvrit la portière et attira Sam dans ses bras.

— Je t'aime très fort, chuchota-t-il. Veille sur Alaina pour moi, d'accord ?

— Bien sûr.

Ils se fixèrent les yeux dans les yeux avec un sourire complice. Puis Sam repoussa Alex.

— Maintenant, file avant que je me mette à pleurer. Ça ne serait pas du tout professionnel !

Ricky Lee agita la main et redémarra, la Challenger reprit la route à une allure plus raisonnable. Alex regarda dans le rétroviseur jusqu'à ce que Sam remonte dans sa voiture de patrouille, fasse demi-tour et retourne vers Freeland.

Quelques minutes plus tard, Ricky Lee suggéra :

— Et si nous revenions nous marier à Freeland.

Alex le regarda, sidéré.

— Tu ferais ça ? Je croyais que tu ne voulais plus jamais y remettre les pieds. D'un côté, ça te donnerait une occasion rêvée de choquer tout le monde, ce qui te plairait beaucoup, j'en suis certain. Tu ne leur as même pas révélé ta réussite !

Ricky Lee sourit

— Avant de partir, j'ai dit à Alaina qu'elle n'avait plus à garder le secret. Et tu sais comme moi la vitesse à laquelle une rumeur se répand, hein ? Tout Freeland sera au courant avant même que nous ayons quitté l'Oklahoma ! D'ailleurs, nous sommes obligés de revenir : je dois récupérer ma Harley. Je t'aime, Alex, mais je ne peux pas l'abandonner, même pour toi.

— Si nous nous marions à Freeland, ce sera bien plus facile pour Alaina et mes amis d'assister à la cérémonie. Et tu pourras aussi inviter la famille de ta mère, suggéra Alex.

— Et cela donnera à Sam une chance de passer plus de temps avec Crae, ce qui leur fera très plaisir à tous les deux.

— En parlant de Crae, comment va-t-il rentrer à Portland ?

— Je lui ai proposé de prendre la Lincoln, mais la route ne l'inspire toujours pas. Et il a pris cette voiture en aversion. Nous l'avons donc laissée à Alaina. Crae prend ce soir l'avion d'OKC à Portland, et je présume que Sam lui fournira une escorte policière.

Alex posa la main sur celle de Ricky Lee, sur le changement de vitesse. Onze ans plus tôt, il n'aurait pas pu imaginer un tel bonheur, mais ça valait le coup d'attendre.

— Combien de jours nous faudra-t-il pour arriver à Portland ?

Ricky Lee lui jeta ce sourire gourmand et prédateur qui enivrait Alex.

— Ce ne sont pas les jours qui devraient t'inquiéter. Ce sont les nuits.

Alex sourit.

— Je n'ai pas peur du tout !

Maintenant disponible

 REAMSPUN DESIRES

À la recherche d'une famille par Connie Bailey

Quand on trouve une famille, on fait n'importe quoi pour la garder.

Quand Charles Macquarrie hérite d'une fortune et d'une société d'habillement internationale, il hérite également de trois jeunes cousins et a désespérément besoin d'aide pour les élever. Par un coup de chance, il découvre et engage Jonathan Lamb, qui a passé sa vie dans un foyer d'enfants à cause d'une maladie chronique, pour être leur nounou.

Si Jon croit qu'une romance naissante avec son riche patron va lui compliquer la vie, il n'a aucune idée des épreuves qui l'attendent quand il sera accusé de détournement de fonds et de kidnapping. Mais même menacés par des incohérences comptables et des liens avec la mafia, Jon et Charles ne laisseront pas tomber la famille qu'ils ont construite ensemble sans se battre.

Un atout dans sa manche par Ava Drake

Christian Chatsworth-Brandeis a un problème. Un énorme problème. Le sénateur américain pour lequel il travaille s'est enfui avec sa dernière maîtresse en date à la veille d'un évènement important pour collecter des fonds, le genre d'évènement où ça passe ou ça casse, et c'est à lui de couvrir les traces de son patron irresponsable.

Stone Jackson, le nouveau garde du corps du sénateur, ressemble assez à ce dernier afin que de légers ajustements suffisent à le faire passer pour le Sénateur Lacey. Christian et Stone mettent au point un stratagème pour tromper tout le monde en remplaçant le sénateur par Stone, mais la folie qui règne à Miami et la chaleur incandescente qui surgit entre eux leur mettent des bâtons dans les roues. Une course s'engage alors pour trouver le sénateur et mettre fin à l'arnaque du siècle avant que l'attraction entre eux devienne totalement hors de contrôle.

www.ingramcontent.com/pod-product-compliance
Lightning Source LLC
Chambersburg PA
CBHW020404210626
46816CB00006BB/2117